L'ŒIL DE PÂQUES

Du même auteur
chez le même éditeur

Rainbow pour Rimbaud

JEAN TEULÉ

L'ŒIL DE PÂQUES

Roman

JULLIARD
12, avenue d'Italie
PARIS

ISBN 2-260-00875-5

Toute coïncidence avec des divinités, des personnes ou des faits réels, existant ou ayant existé, serait purement fortuite. Ce livre est une invention.

Remerciements à Verlaine pour son vers : « L'espoir luit comme un brin de paille dans l'étable », Arthur R. pour : « Hélas, cette vie n'est pas la seule et je ricoche par bonds de millénaires », John Lennon pour : *Mother*, Aragon, Baudelaire, Maupassant et enfin Belton Richard pour : *Un autre soir ennuyant*.

Le mode de vie des abeilles solitaires appartient aux chapitres les plus attachants de la biologie.

Karl von Frisch,
Vie et mœurs des abeilles
(Albin Michel)

15 millions d'années avant le crime...

Vous êtes un prédateur fauve caché dans le trou noir d'un palier céleste. Vous virevoltez derrière la porte d'une chambre-univers et vous dites :

— Il fait un temps assommant de crâne nu.

Dans la chambre, la Terre est une vieille tête de demoiselle. Elle se balade sous les moulures de son plafond. Les murs sont constellés de souvenirs.

Le jour, elle est coiffée d'une fausse chevelure. Un nuage lilas recouvre son crâne. La nuit, le nuage s'en va. Alors la tête est nue, vulnérable à tous les séismes.

C'est une tête gris clair tachée de brun.

Vous êtes un souffle de l'autre côté du battant. Vous attendez.

Il y a des reflets d'or, d'argent et de vermeil rangés dans les tiroirs de la chambre. Vous êtes prédateur. Seriez-vous voleur ?

Le soir sonne à une cathédrale — amalgame de saints tristes, d'anges et de vrais petits amours. Tel Ulysse, la tête chauve se bouche les oreilles de cire pour ne pas entendre les éventuelles sirènes du carrefour des galaxies. Elle se ferme aussi les yeux pour ne pas voir revenir vers elle le probable gyrophare dégoulinant et bleuté d'une comète. La tête veut croire que cette nuit encore, il ne se passera rien. Elle dit :

— Il ne se passera rien jusqu'à demain matin.

Pauvre tête...

Derrière la courbe du crâne, une ampoule électrique balance au bout d'un fil. Un incandescent ruban de cuivre éclaire ce soleil de verre fin. La tête décide d'éteindre la lumière. Alors, c'est la nuit.

La tête nue roule sur un traversin d'étoiles, puis dort.

Vous avez la clé de la chambre-univers. Vous entrez.

Vous vous approchez avec sournoiserie. Le crâne de la demoiselle vous montre ses singularités. Certains contours osseux ont des silhouettes de plaques continentales : Amérique, Afrique, Asie...

Les plaques s'enflent de rêves comme des cloques à la surface d'un mur. Entre ces continents bruns, une peau gris clair ondule et se ride.

Près de l'os Europe, un grain de beauté flotte sur les mers. C'est l'Angleterre.

Chaque continent, pariétal ou temporal, est une pierre courbe et lisse que rien ne fissure encore. Ces grands os plats glissent parmi des houles indiennes, pacifiques, atlantiques : les fontanelles à retrouver. C'est la dérive des continents.

Tout semble éternel et calme.
Mais vous frappez !
Eclair fauve enrubanné d'exotisme jaune et noir, votre geste armé de condottiere jaillit dans l'espace. Il retombe en orage, plus loin que la Méditerranée.
Sous le choc de votre foudre, l'os Afrique se brise du nord au sud. La blessure, c'est la « Chaîne du Grand Rift ».
Un magma rougeoyant s'envole.
Hargneuses et bavantes de neige comme des crocs de chien, des montagnes sanguinolentes aux vallées prodigieuses se déchaussent : Hoggar, mont du Kenya, Kilimandjaro...
La Terre sourde est aussi aveuglée de cendres. Dans le langage des volcans, elle chante et demande :
— Oui ? Qui est-ce ?
Vous répondez :
— Mais, c'est moi.

Sur cette planète-demoiselle, des bêtes vivent. En Europe, ce sont des oiseaux mangeurs de falaises. En Afrique, à l'est de la plaie, d'autres animaux découvrent un avenir pénible...
Car, au matin, la tête bosselée ne peut plus coiffer, sans rencontrer d'obstacles, la perruque lilas suintante de pluies tropicales. Les boucles de nuages butent dans le Grand Rift. Les cumulus s'enchevêtrent et tournent autour des pics. Ils s'étirent comme des élastiques mais ne recouvrent plus l'Afrique australe.

La Terre est toute dépeignée. Cela crée sur les autres continents des vents, des météorologies et des saisons.
La sécheresse gagne l'Afrique de l'Est et dès lors, ici, le supplice est sûr. Des croûtes se forment : Somalie, Djibouti, Ethiopie...
Un premier fleuve de pus sombre, le « Simple vice » (prononcez : Simpeul vaïce), coule entre ces plateaux et charrie des silex et des craies.
Au creux de la forêt australe qui s'évapore vers des mysticismes, une source maternelle d'eau pure, où l'on aimait boire et se nourrir de jeunes feuilles, s'égare dans des obscénités. Ce n'est plus qu'un trou de putain offerte aux rires.
Votre œil coloré observe ce remuement. Et vous voyez dans le prurit des presque-singes se redresser sur leurs pattes de derrière.
Ils ont, maintenant, soif de sources plus écarlates. Alors, ils vous imitent, charmant prédateur. Ils saisissent entre leurs pattes de devant une souche d'arbre et fracassent le crâne du vivant qu'ils veulent bouffer, qui les ennuie ou dont la mort-carnaval serait pour eux le sentier sauvage du bonheur.
L'intelligence est née. Bonne chance à tous !
Une simple faille, ouverte par votre geste fauve dans la coquille d'un crâne planétaire, vient de créer l'homme et la procession d'emmerdements qui l'accompagne.
Jouets de votre caprice et du flux des montagnes, les âmes australes appareillent les premières pour d'affreux naufrages.

La planète blessée se désole de sentir les démangeaisons de ces nouvelles idées hargneuses. Alors, elle bascule dans un coma profond. Elle se déplace sur son orbite et c'est la grande glaciation aux odeurs d'institut médico-légal. Quatre mille mètres de neiges et de glaces envahissent l'Arctique, la Russie et le Canada. Le niveau général des mers baisse de façon considérable et au matin, l'Angleterre n'est plus une île. Les 120 mètres d'eau de la Manche (le Channel) ont été aspirés par les grands glaciers d'éther.
Entre les falaises de France et d'Angleterre, quarante kilomètres de limon et de marne permettent d'aller à pied. Quelle époque !
Le globe n'est plus que glace et givre. Seule l'Afrique australe est envahie de fièvre.
Et c'est sur cette énormité lancée dans l'espace, que nous, nous sommes appelés à naître et naître encore. Nous répercutons, ici, à l'infini, l'écho du seul geste que vous nous avez appris, délicieux prédateur : Bzz ! Casser la coquille d'un crâne... Nous le faisons chaque jour en lançant de vagues trahisons, des couronnes de fleurs hypocrites ou du bois contondant...

Vous souriez, joli prédateur. Mais qui êtes-vous ? Un totem méchant ou un jour de fête ? Dieu, Diable, la sainte table ou le hasard ?
Vous avez brisé un premier continent sur ce premier crâne. Quelle revanche aviez-vous à prendre ? Vous êtes l'assassin. De quelle espèce êtes-vous ? Quel est votre nom ?

Réapparaîtrez-vous, un jour, quelque part ? Si oui, en quelle époque et quel endroit de la Terre frapperez-vous à nouveau ?

— Bzz !

Que dites-vous ?

— Je dis : Bzz ! Cette vie n'est pas la seule et je ricoche par bonds de millénaires.

10 millions d'années avant le crime...

Depuis cinq millions d'années plus une mèche lilas ne passe au-dessus de l'Afrique australe.
Dans ce long été délirant de lumière, une Australopithèque poilue nommée Lucy lève les yeux vers le sommet de son crâne.
Une orchidée de chairs relevées y a fleuri cette nuit.
C'est pendant le sommeil de Lucy qu'un fauve élégant, à robe jaune et noir, a fait éclore d'un coup de patte cette fleur au pistil de cervelle labourée.
Puis il est parti, laissant Lucy à des songeries.
Couchée dans un lit de branchages secs près du fleuve « Simple vice » (prononcez : Simpeul vaïce), Lucy vit encore. Visage prognathe et déchiré, elle n'a pas de chagrin.
1 m 10 et recroquevillée, elle apprécie les pulsations de la migraine.
Des insectes mélancoliques vêtus de préhistoire sont venus butiner la blessure de la pauvre naine.

Ils lèchent la cervelle de son petit crâne. Ils y mangent des chairs ou crachent un venin — neige brûlante.
Puis ils repartent dans l'été assourdissant, saouls de sang et de bonheur retrouvé.
Mais Lucy rappelle les insectes. Dans des grognements de presque-singe, elle dit des choses insensées. Elle dit :
— Revenez butiner ma plaie, mes beaux insectes, cigales, papillons : mes anges ! Blattes et cafards aussi, je vous attends. Coccinelles, coléoptères ! Que le pollen de ma souffrance devienne le miel de votre bonheur. Même toi, petite a... Tu verras, à l'intérieur d'une plaie, parfois, l'espoir luit. Oh ! Venez tous, insectes, mes doux, mes vrais amours...
Près de la pauvre Australopithèque, le fleuve « Simple vice » rythme la chanson de Lucy sous un ciel de diamant.
Depuis cinq millions d'années, ici, c'est juillet et il fait si chaud que l'on meurt à peu près toutes les heures.
L'âme de Lucy s'envole.
Elle reviendra sans doute sur Terre vivre un nouveau karma mais en quel siècle et quel pays ? Quelle sera sa langue ?
— Le in-in...
— Que dit-elle ?
— Elle dit : « Le in-in... Cette vie n'est pas la seule et je ricoche... »

5 millions d'années avant le crime...

De Calaisie jusqu'en Sibérie, ce continent est une pierre occipitale qu'aucun ruisseau ne ride encore et rien, ici, ne ressemble à un humain.
Solitaire, perché en haut de la falaise du cap Blanc-Nez, un ptérosaurien femelle de deux mètres de long voit passer les filandreuses mèches d'un nuage lilas. L'air est sec et à 6°.
Le cul posé au ras de la falaise, le ptérosaurien pond.
Moitié reptile, moitié oiseau, ce grand animal aux allures de dindon nu a le bec clouté de dents aux vallées prodigieuses. Il mâche un morceau de falaise et regarde, quarante mètres plus bas, s'étendre la plaine qui mène à l'Angleterre. Ses dents-coutelas luisent férocement.
Parmi les rares lagunes de la vallée, une méduse stérile s'élève et prend des poses. Le ptérosaurien l'observe. Il s'apprête à aller lui avaler le cœur pour se désaltérer comme on le ferait d'une cerise.
Deux membranes alaires, vastes comme des

voiles, se déploient de chaque côté de son corps. Le ptérosaurien quitte son œuf et avance d'un pas mais c'est le vide...
L'oiseau atterrit dans la vallée de la Manche. Sa peau caoutchouteuse et lisse, couleur de bronze, se mouille de flaques salées. Les serres de ses pattes laissent des empreintes effroyables dans les circonvolutions du sable.
Sans grâce, en claudiquant, il rejoint une méduse aux yeux de pute maquillée comme une Anglaise.
L'oiseau marche vers l'Angleterre. Quelle époque !
Derrière lui, quarante mètres plus haut, au ras du mur de craie nue, l'œuf pondu trône toujours. Cet œuf (de la taille d'un crâne d'homme) est un bloc gris clair taché de brun.
Une goutte de soleil impérial l'éclaire.
Alors, à l'intérieur, un oisillon-reptile rougeoyant attaque, à coups de bec, le calcaire de sa coquille. Les particules massacrées s'effritent et se mêlent à l'albumen tiède et huileux qui enveloppe son corps recroquevillé. Quelquefois, l'oisillon s'arrête — il a de grands yeux trempés et ronds — puis il reprend son martèlement. Plaquée contre la paroi intérieure, une pellicule translucide de peau résiste par endroits, comme un rideau.
Le jeune ptérosaurien veut absolument vivre et perpétuer sa race. Quelle audace !
Dès qu'il aura troué le rempart ovale, il pourra voir, au loin, l'Angleterre comme au travers

d'une fenêtre percée dans un mur crème. Son souffle chaud exhalera de la vapeur d'eau en ce début de quaternaire.
14 millions 999 850 ans plus tard, un autre être inouï fera exactement la même chose, à peu près au même endroit.

150 ans avant le crime...

Une grosse canine cariée de sauvagerie — un château calcaire — a poussé de la falaise. Le jour, on voit la dent couronnée de tourelles lilas. Elle est aussi crevée de créneaux, mâchicoulis et meurtrières.
Près de la dent-château, une salive d'eau claire fissure la falaise du cap Blanc-Nez. Entre les lézardes, quelques petits plateaux, Sambre, Hainaut et Cambrésis, élèvent leurs schiste, grès et craie à quelques mètres de hauteur. La rivière circule entre les plateaux. Elle balade un ventre d'eau stérile et ne charrie rien.

1er vendémiaire à Pont-de-Briques (près de Boulogne/s/Mer).
Dans le bureau tiède du château calcaire, Napoléon se lève et tire un rideau, peau translucide contre un mur crème. Ses ongles laissent des empreintes effroyables dans les circonvolutions du tissu couleur de sable.
L'empereur regarde par la fenêtre et devine au

loin la falaise d'Angleterre. Une mer gris clair, étale, emplit tout le Channel.

Contre le carreau, le souffle impérial exhale de la vapeur d'eau.

— ... Et vous êtes sûr de votre projet ?

— Oui, Majesté. J'ai tout prévu : les 40 kilomètres de pavage qui résisteront au galop des chevaux, les becs à huile pour éclairer et des cheminées de 150 mètres de haut pour aérer.

Celui qui répond ainsi à Napoléon s'appelle Albert Mathieu. Il est chauve. Son crâne gris clair est taché de brun.

L'empereur, dans un habit rougeoyant, se plie en avant. Il a de grands yeux trempés et ronds. Un ruban rayé jaune et noir lui traverse le buste. Il marche et réfléchit. Il passe en claudiquant derrière Albert Mathieu dont il regarde l'enveloppe crânienne.

— ... C'est une curieuse idée... Et cette idée provient de votre tête nue ?

— Oui, Majesté, dit l'inventeur sans se retourner.

— Votre crâne ressemble à un œuf de ptésaunorien.

Albert Mathieu pivote sur son siège.

— Sauf votre respect, Majesté, pté-ro-sau-rien ! Ces animaux-là allaient en Angleterre à pied, tout comme on pourrait le faire avec mon tunnel.

— Ah bon ? Et pourquoi ?

— La grande glaciation avait aspiré les 120 mètres d'eau de la Manche.

Napoléon retourne à la fenêtre et regarde le ciel bleu.
— ... Si seulement le temps se rafraîchissait, c'est au galop que j'attaquerais l'Angleterre !... Les hivers doux stoppent mes régiments de hussards. En tout cas, votre projet de tunnel sous le Channel, je n'y crois pas. Trop difficile d'aller manger la falaise de leur île. Non, c'est par la mer que l'Albion subira ma foudre. N'étant pas l'empereur des ptésato... natauriens, je décide ça. Adieu.
Albert Mathieu se lève, s'incline et pense : « Connard de dyslexique ! » Puis il s'en va.
Napoléon repose son visage contre la vitre aux silicates alcalins.
— Un tunnel sous la Manche... Curieux bonhomme au crâne de...

Accroché à un mur, un tableau représente Joséphine posée au fond d'une vallée. L'empereur regarde le portrait et dit :
— C'est une méduse aux yeux de pute. Elle est maquillée comme une Anglaise. Son ventre stérile ne me charrie aucun héritier. Or, je veux perpétuer ma race. Je répudierai bientôt cette méduse. J'ai soif !
La Manche est gris clair et tranquille. Dessus, quelques chalutiers bruns ramènent la marée : turbots, loups et chiens de mer...

Un an plus tard, Napoléon attaquera l'Angleterre. 36 navires, coques bombardées, sombreront par 120 mètres de fond. Il y aura 18 000 morts.

Les poitrines des noyés, en pourrissant sous la Manche, s'ouvriront. Leurs côtes blanches apparaîtront telles les charpentes ovales et dénudées des navires naufragés. Au milieu de ces poitrines ouvertes de marins, des fémurs brisés seront plantés là par le hasard comme des mâts cassés. Ça fera toute une flottille stupide de petits bateaux d'enfants, tapissant le Channel.

Nelson, au cours de la bataille, sera tranché en deux. Les Anglais placeront son corps dans une futaille d'eau-de-vie pour le conserver et le ramener en Angleterre.

Une nuit, il y aura tant de morts que la Manche sera rouge et fumante comme un bol de vin chaud bu par un enfant têtu.

45 ans avant le crime...

C'est l'automne roux aux odeurs de feuilles fugueuses qui abandonnent des arbres vraiment trop sédentaires. Un instant plus tard, les larges feuilles seront rendues au sol. Tant pis pour elles.
Léopold Papageno est un adolescent de 16 ans grand et large. Vieux, son corps se penchera vers la terre. Ses omoplates suffoquées palpiteront comme les ailes d'un papillon. Tant pis pour lui.
Il habite à Pauillac, dans le Médoc. Sa petite copine a la grippe. Il lui dit : « Viens, Simone, je vais te préparer un bol de vin chaud. »

Le père de Léopold est vigneron et revient, à pied, d'un banquet de fin de vendanges. Un spécialiste agronome y a parlé du retour d'un insecte infect : un puceron qui pond ses œufs l'hiver, dans les racines des vignes. Le type a déclaré :
— ... Et ça, c'est l'agonie du vignoble !

Ensuite, l'assistance a bu beaucoup. Alors le père un peu allumé, par un chemin de calcaires brisés, revient en chantant. Il va vite déchanter... Un collègue, au cours du déjeuner, lui a demandé :

— Alors, le père ! Et ton fils, ce puceron-vastatrix, toujours instruit ? Toujours pas vigneron ?

— Oh ! Ne m'en parle pas. Cet enfant, c'est le mildiou.

Léopold pose sur la table de la cuisine une bouteille vêtue d'une toile lilas. L'araignée qui a tissé ce voile s'enfuit au galop sur la table. L'adolescent a pris la bouteille au hasard dans la cave. Il la déshabille de son vêtement de cérémonie et fait bouillir le vin. Il sort aussi un pot de miel et des épices. Il renverse dans l'évier le rougeoyant liquide inutilisé.

— Brisons là. A part soigner la grippe, le vin ne sert à rien.

Simone a les yeux fiévreux. Elle renifle sur le pas de la porte. C'est l'automne.

Le père rentre chez lui par un sentier longeant la Gironde. Éméché, il gueule à tue-tête une chanson qui ne tardera pas à être de circonstance :

Ceux-là qui tiront l'lignot
V'lout-i pas blaguer ma lance ?
Qui y'apprenont qu'nos saciots
Valont ben leux baquets d'science.

Ces san'barbes mal peignées,
Y'allons les essoumâsser.
Qui s'taïint, qui s'taïint!
Ou ben j'leu cass'rons les reins.

(Ceux-là qui veulent écrire des lignes
Ne veulent-ils pas goûter mon couteau?
Ils apprendront que nos serpettes
Valent bien leurs livres de sciences.
Ces garnements
Nous les raccourcirons.
Qu'ils se taisent, qu'ils se taisent!
Ou bien, je leur casserai les reins.)

Léopold écoute au loin la voix de son père. Il n'aime pas l'entendre chanter en patois et approuve les instituteurs qui punissent les élèves parlant ce bas-latin.
Il jette dans le vin chaud différents ingrédients compacts. Les ingrédients flottent à la surface de la casserole fumante, comme des épaves.
Léopold n'aime que la langue pure, surtout anglaise. Shakespeare, Shelley aussi. Cette particularité a attiré Simone. Elle habite Pauillac depuis un mois. Avant, elle vivait avec ses parents à St-Laurent-et-Benon, un village plus au sud. Elle est tout de suite devenue amoureuse.
Le regret de Léopold, c'est de ne pas avoir connu Simone au départ de sa vie.
Il renverse le vin chaud dans le bol et l'apporte à sa compagne.

— ... Je t'aurais connue enfant, je t'aurais prêté mes jouets et mes maquettes de voiliers. Je t'aurais dit : « Quand on sera grands, je te marierai. » Mais je ne saurai jamais la petite fille que tu as été. C'est triste. J'ai raté les premières lignes de ton histoire.
— Tu en connaîtras la fin si tu veux.
— Oui, mais tout de même, c'est dommage...

Le père entre dans la cuisine. Il regarde le cratère fumant entre les mains de la jeune fille. Il voit des circonvolutions de miel naviguer dans le vin et la bouteille vide, renversée sur la table.
— Qu'est-ce que c'est que ça ?
— Simone est malade...
— Qu'est-ce que c'est que ça ? Tu as pris ma dernière bouteille de Pauillac 1906 ?... Tu as fait bouillir du Pauillac de cette année-là ? Une année exceptionnelle. Une année comme il n'y en aura pas deux dans ce siècle, dans ce millénaire, dans ce quaternaire !... Assassin, tu as voulu tuer ton père !
Puis il cherche une insulte définitive.
— Anglais !... Et ça ? Mon Dieu, il a rajouté de la cannelle dans une année de légende... Il me l'a chaptalisé à mort, ce pète-en-l'air, ce cul-rogné ! Et des clous de girofle... Ah, je meurs !... Dans du Pauillac 1906 ! Il a crucifié ma dernière bouteille...
— Brisons là. En voilà des histoires, pour du jus de raisin !

Le père rougeoie. Il est rond et mûr. Sa peau se fendille. Une mèche de cheveux fauves lui tombe sur la figure.

— ... Un fils comme ça chez moi, c'est le phylloxéra qui débarque... Puceron, je n'aime pas les œufs qui poussent en toi !

Puis finalement, le père se déchire et lâche son jus rougeoyant :

— Fils maudit, je t'ébourgeonne. Je te sulfate. Tu n'es plus de la région. Je t'arrache de notre sol.

— Brisons là, vous ne me ferez rien du tout. C'est moi qui m'envole... J'en ai assez ! Je vivrai comme je le jugerai. D'ailleurs, je serai juge. Je boirai du thé et de la bière...

— Ah non, pas de la bière !

— ... Et près de l'Angleterre, en plus. Rien que pour vous être désagréable...

— Arrête de m' vouvoyer.

— ... Je parlerai une langue parfaite à seule fin de ne jamais vous ressembler. Je hais les paysans, les vignerons et leurs chansons. Je vivrai en ville. Je marcherai sur des parquets cirés et je jouerai au cricket.

— Ah non, pas au cricket !

— Je serai seul juge. D'ailleurs, je serai juge.

— Tu seras paysan !

— Jamais !

— Mais pourquoi il aime les livres et les Anglais, cet abruti ? Ces Anglais qui nous ont refilé leurs œufs de pucerons, le phylloxéra...

— Le phylloxéra provient des cépages américains.
— Anglais, Américains, c'est pareil. Même langue, même saloperie.
— Je ne saurais rester une minute de plus dans une maison où l'on confond Anglais et Américains. Adieu. Brisons là ! Tu viens Simone ? On fugue. On se détache de cet arbre d'ignorance. Tu m'accompagnes ?
— Oui.
Le fils et la jeune fille quittent la cuisine et s'évaporent dans l'automne assourdissant. Ils s'envolent vers le Nord. En chemin, Léopold dira :
— Zut, j'ai oublié d'emporter mes maquettes de voiliers, « Santa-María », « Niña »... Tant pis, là où on va, j'en construirai d'autres. Si j'y pense...

Il y a encore un mois, Simone habitait St-Laurent-et-Benon, un village au sud de Pauillac.
Un autre adolescent de 16 ans l'y attend. Simone ne le sait pas. Elle ne saura jamais combien ce jeune homme l'aura attendue...
Toute sa vie, il espérera cette fille qu'il ne reverra jamais.
— Je ne l'aurai vue qu'enfant. La suite de son histoire me manquera...

30 ans avant le crime...

A St-Laurent-et-Benon, il y a une statue angélique assise sur les marches de l'église. La statue semble s'être détachée de la façade pour venir s'asseoir là. Elle a des délicatesses et des grâces immobiles. Elle espère de la vie ce qu'espèrent les statues : rien.
Dents de gravier enfouies dans les genoux, c'est un vrai petit amour recroquevillé. Un bloc de pierre sans couleur comme sont les gens qui n'espèrent rien.
Les jours de mariages, sous les projections de riz, la statue est plus vide que jamais. Elle représente un jeune homme poreux de 31 ans. Le grès sculpté s'appelle Amédée Ponte. Un fin duvet mousse sous le nez d'Amédée.
Il y a quinze ans, le courant d'air d'une fille fuyant vers le Nord l'a statufié et rendu perméable à toutes les mélancolies.

St-Laurent-et-Benon est un village au sud de Pauillac. L'église de St-Laurent possède un clocher gothique dont le plan carré et la flèche à crochet indiquent des influences anglaises.

Quinze ans qu'Amédée attend là, sous le clocher, le retour de sa passion enfantine ! Cette attente le sonne. Il ne croit plus au retour de Simone.

Amédée était trop timide, trop renfermé. Jamais il n'a osé laisser échapper vers Simone le magma rougeoyant de sa poitrine d'enfant.

— Elle était belle comme Ophélie. C'était un ange...

Il y a quinze ans et un mois, la jeune fille a quitté St-Laurent pour s'installer à Pauillac. Quatre semaines plus tard, elle s'est envolée vers le Nord avec un autre gars : un grand intello aux omoplates en ailes de papillon. Depuis, peut-être s'est-elle mariée avec son fugueur ? Dans quelle ville sont-ils ?

Le père d'Amédée est médecin de campagne. Il est attentif aux vivants. Les paysans paient souvent les consultations en poulets, lapins ou canards déplumés, dépiautés. La tête fracturée, énucléée ou absente.

Le petit amoureux déçu a fait médecine comme son père. Mais lui, il sera médecin légiste. Il dit :

— Je serai attentif au langage des mortellement blessés. Je saurai lire sur les lèvres de

leurs plaies le nom de l'assassin. Aux circonvolutions d'un cerveau, je pourrai dire si la victime a souffert.
Lorsque le père d'Amédée rentre de visites, ce qui intéresse le fils, ce sont les petits êtres froids, déshabillés de leurs plumes ou de leur peau, que le médecin dépose sur la table.
Le jeune homme les regarde. Il essaie de comprendre quels chocs amoureux ces animaux de ferme ont reçus, les laissant, là, en travers, dans des positions de statues.
Amédée a des bontés pour les chairs étalées.
En tout cas, il sait toujours le nom du coupable.
A la façon dont une gorge est tranchée ou un œil arraché, il peut dire, sans se tromper, si c'est madame ceci ou monsieur cela qui a commis l'irréparable.
Il connaît les tics meurtriers de chacune des fermes de la région. Lorsque son père rentre de visites, Amédée regarde les volatiles, puis récite les noms de familles que le médecin a soignées.
— Familles Blampain, Delaveau, Jabbour et Maroti... Le pigeon, c'est Maroti.
Le père est admiratif mais inquiet. Il dit :
— Tu es un surdoué de la blessure mortelle. Là où tu travailleras, il ne fera pas bon être criminel. Mais, tout de même, quelle curieuse vocation. Un cafard noir habite en toi. Pourquoi ?
Amédée ne répond pas. Il quitte la maison à petits pas et va s'asseoir sur les marches de l'église.

Devant la maison de Dieu, des saints et des anges asexués, une mer morte de graviers mousse sur la place du village. Le dimanche, les talons aiguilles des femmes qui vont à la messe dérapent sur ces roches détritiques et les lynchent jusqu'au martyre. Amédée dit :
— Les femmes du dimanche se peignent le visage de traits rouges, bleus ou noirs. Ce sont des sorcières noyées d'essences. Il faut saigner de grands arbres pour les parfumer. Les aiguilles qu'elles ont en bas de leurs jambes transpercent la place de St-Laurent comme une effigie de chiffon. Elles jettent des sorts. Je suis la place de mon village et crains leurs malédictions. Elles harnachent leurs reins comme des têtes de chevaux. Elles installent des dentelles, des cordages et des crochets par-dessus leurs sexes pour retenir les bas — armures de soie. Elles partent à l'amour comme on part à une guerre. Elles se moquent des impuissants et nomment « tapettes » les amoureux transis. Ces femmes me font peur. Les hommes qui s'intéressent à elles sont des brutes. Ils leur attrapent les fesses et leur brisent les reins. A chaque coup, elles crient et jouissent. J'ai mal au cœur.
Le regard d'Amédée se vide jusqu'au vertige.
— Simone est différente... C'est un ange.
Les habitants de St-Laurent devinent la déception amoureuse du jeune homme mais se moquent de lui. Ils l'appellent : « Saint-Amour ».
Un jour, venant de sa boutique, le boucher de

St-Laurent, monsieur Tigre, les bras pleins de sang, a rejoint Amédée sur les marches de l'église. Il lui a dit :

— Saint-Amour, il faut que je te parle. Tu ne nous fais plus rire avec tes airs de statue médico-légale. Tu fous la chiasse aux enfants et je n'aime pas la façon dont tu regardes la viande à ma devanture... Tu racontes à tout le monde les déceptions amoureuses de mes rognons de veau et ça fait fuir la clientèle. En plus, il y a quelque chose qu'il faut que tu comprennes, Saint-Amour. Tu as un surnom de beaujolais, or nous, ici, on boit du médoc et on pisse du beaujolais. Alors, casse-toi. File vers les pays à bières si c'est ta vocation mais ne nous emmerde plus. D'accord ?

— Oui, monsieur... Je vais partir. Je trouverai un emploi à Calais. Il y fera froid comme dans une morgue. J'y serai seul mais ce sera mieux. Le soir, par souvenir seulement, je boirai du Pauillac rougeoyant comme la goutte de sang d'une nymphe solitaire. Vous savez, ces jeunes insectes qui pondent parfois, au printemps, des œufs roses très beaux.

— C'est ça, Saint-Amour. C'est ça. En tout cas, nous fais plus chier.

15 ans avant le crime...

— *Mujhe ek chota pati chahiye*
Ek komal aur anindy pati
Jo mere jeb mem ghus sakta hai...

(Je voudrais un petit mari
Gentil et sans reproche
Qui aille dans ma poche...)

L'enfant somnole et chantonne sur une plage du golfe du Bengale.

— Un tout petit mari.
Je le voudrais gentil.

C'est un temps assommant d'avant mousson. La mer est obscène de sueur.

— Je voudrais aussi un frère.
Un vrai, pas comme ceux de ma mère...

Sous la vapeur des vagues, des poissons cuisent et balancent dans leurs vêtements métalliques de boules à thé. Leur chair infusée donne à la mer un goût de sperme.

— Si c'est trop d'en avoir un,
Alors seulement la moi-tié-d'un !

L'enfant est une petite fille. Une nymphe solitaire. Une ombre voyage sur son corps translucide. C'est l'ombre furtive d'un coléoptère... La petite fille soulève ses paupières. Sur la droite de sa tête, elle pond un œil rose très beau.
L'enfant a les yeux vairons : un œil bleu, un œil rose.
Elle est née avec un globe oculaire entièrement rose sans iris ni pupille, un œil comme on en voit sur les portraits de femmes peints par Modigliani. Cette enfant superbe, c'est de la peinture de musée.
Son œil droit ressemble à un petit œuf intact, de chocolat au lait rose, couché sur son visage.
A la naissance, quand la mère a vu son enfant, elle l'a tout de suite appelée Pâques !
— Il y en a qui s'appellent Noël, Toussaint, Ange ou Jésus... Aux Antilles, c'est Fête-Nat. Toi, ce sera Pâques...
Pâques, blonde, huit ans, ne voit presque pas de son œil rose. Tout ce qui se trouve sur sa droite est flou ou n'existe pas. C'est selon son humeur.
— Je suis incomplète.
... Un frère ou seulement la moitié d'un !

A huit ans, Pâques ne sait ni lire ni écrire (elle ne va pas à l'école). Mais elle parle français et tamoul (elle traîne dans les rues de Pondichéry). Pâques vit avec sa mère hippie dans un ashram du sud de l'Inde. La mère est vêtue d'un sari. Elle se parfume de patchouli. Elle a

une pépite d'or plantée dans une narine et toujours un collier d'iris bleus autour du cou. Très laxiste avec sa fille, elle lui interdit seulement de toucher son collier de fleurs.
— Ne t'y brûle pas les doigts.
Pourtant, de son œil rose, Pâques aime beaucoup regarder les iris. Ces taches abstraites et parfumées la fascinent. Elle voudrait leur en avaler le cœur.
— Quand je serai grande, je le ferai.
La tête de la mère, elle, s'évapore vers des mysticismes. Elle appelle tout le monde, « frère » ou « sœur ». Elle médite une phrase de Sri Aurobindo, le gourou-philosophe de cette communauté. La phrase dit : « De l'autre côté de la plaie de la nuit, un matin tout sera beau. » La mère fume de la marijuana lorsqu'elle médite. Quelquefois elle médite davantage, alors elle touche à l'opium.
La mère comprend la prédiction à sa façon. Elle est maintenant persuadée d'en être la grande prêtresse et croit porter la fameuse plaie nocturne. Elle dit :
— Il s'agit de mon sexe.
Pauvre femme.
Souvent, la mère s'agenouille et ondule sous le toit de sa hutte. Elle relève le sari par-dessus son dos et découvre son cul. Dans l'ombre de la cabane, des gouttes de sueur perlent sur sa peau. Les gouttes brillent comme les étoiles d'un ciel de nuit. La nuit est traversée d'une plaie verticale : une fleur bizarre comme on en

trouve dans les forêts sans lumière. La fleur semble endormie.
Epaules à terre et une joue aussi, la mère, bouche de côté, mâche du sable. Sa langue va et vient. C'est le ressac.
A l'autre bout de son corps cambré, le sourire vertical s'ouvre davantage et luit.
Blessé et niché au creux d'une petite forêt usée, ce sourire, avant, était une source d'eau pure. Maintenant, c'est un cratère d'obscénités. Un trou de putain. Le trou attend.
Les Tamouls, mouches à peau violette, viennent souvent butiner cette fleur bizarre. Ils y engouffrent une partie de leur corps et préviennent les copains :
— *Chalom... Veshshyom ke pas jaon !* (Venez... On va se taper la pute.)
La mère, qui ne parle que français, croit qu'il s'agit là d'une phrase religieuse comme disent les chrétiens, en Europe, lorsqu'ils pénètrent dans une église : « Au nom du Père... »
Quand les Tamouls prononcent d'autres mots, elle imagine qu'ils disent quelque chose ressemblant à : « Amen ! » En fait, ils la préviennent :
— Tu vas morfler, ma vieille.
Pâques, qui parle tamoul, sait ce que les Indiens disent de sa mère.
— Maman, réveille ta fleur. Les Indiens disent du mal de toi.
— Tais-toi. Bêtises ! Mes frères sont plus heureux lorsqu'ils traversent ma plaie. Je le sais. Leur plaisir coule dans mon ventre.

— Maman...
— Appelle-moi « sœur ». Je suis la prêtresse de l'amour universel. Les guerres tribales se réconcilient derrière mon dos. Les sikhs, chiites et sunnites éjaculent en moi la même joie. Il y a des jours, dix plaisirs de religions différentes se mêlent sous mes reins. Je suis la réconciliation universelle. De l'autre côté de ma plaie, l'espoir luit.
— Maman, ces hommes sont des mouches...
— Appelle-moi « sœur ».
— Maman, c'était qui mon papa ?
— Je ne me souviens plus bien. Je crois qu'il était plein de vice. Il disait « vaïce »... Il me tambourinait et riait. En me quittant, il m'a planté une pépite dans le nez. C'était un musicien voyageur, exotique comme un fleuve. Tu ne lui ressembles pas du tout, d'ailleurs. Tu es une étrangeté génétique. Mais va jouer, maintenant.
— Je ne lui ressemble pas du tout, à mon papa exotique ?
— Non. Je ne sais pas pourquoi, mais non.

Midi.
Pâques s'assoit sur la plage. Elle est déçue et commence à en avoir vraiment marre de l'amour universel.
Elle regarde sa peau.
Blanche jusqu'à la fluorescence, la peau de cette jeune nymphe a des singularités que l'on peut voir à l'œil nu. Elle cicatrise mal. En haut de la

cuisse droite, sur le devant, il y a un petit amas de peau boursouflée. Pâques regarde de son œil bleu le chantier de sa cuisse.

— Hoggar, monts du Kenya, Kilimandjaro... C'est exotique, papa !

La blessure jamais disparue est due à la rencontre du corps de Pâques avec l'angle d'un tabouret ciselé. La partie horizontale où l'on s'assoit représentait Shiva (divinité de la destruction et de la reconstruction) en bois découpé. Ses nombreux bras partant en étoile lui donnaient l'allure d'une araignée.

Le tabouret était sur la droite et Pâques qui courait n'a pas vu le meuble. Un des bras sculptés de Shiva lui a crevé le haut de la cuisse.

Après-midi.

A l'extrême ouest du continent, comme une cloque sur un mur, un soleil rougeoie à la verticale d'une falaise. La cloque est pleine comme un œuf mais ne s'écoule pas encore vers les plinthes de l'horizon.

A l'extrême est du continent, Pâques, ventre contre sable, regarde de son œil rose une rangée de fleurs floues.

Derrière les fleurs, la mer a des vapeurs et fume des drogues. Pâques s'étire. Ses membres ondulent et plissent des soieries de sable.

Soir.

L'enfant soulève une main. Elle regarde, de son œil bleu, scintiller les minuscules grains de quartz, mica et schiste qui s'écoulent entre ses doigts.

Pâques regarde maintenant de son œil rose. Elle pressent une pluie de comètes et des gyrophares bleus.

— Toi aussi, petit sable, tu es usé ? C'est à cause de l'amour universel. Ta mer se frotte trop aux plages indiennes. Tu es seul, hein ?

Un frère ou seulement la moitié d'un...

Les grains, en s'écoulant, répondent un doux frou-frou.

— Ne pleure pas, petit sable. Maman dit que de l'autre côté de la plaie nocturne, un matin, tout sera mieux. Alors, sois pas triste, bout de continent en poudre.

Quelques derniers grains minéraux tombent de la main blonde.

Pâques entend une autre plainte. Ce n'est plus le sable. C'est la mère qui se convulse dans une hutte près de la plage.

Les premières fois, lorsque Pâques entendait sa mère se lamenter, elle croyait qu'elle s'était fait mal avec l'angle d'un meuble... Alors, l'enfant arrivait en courant pour la secourir. C'est d'ailleurs en se précipitant qu'un jour, Pâques s'est blessée à la cuisse. L'araignée Shiva avait attaqué. Maintenant, quand la mère gémit, l'enfant ne court plus. Elle sait et se méfie.

Nuit.

La mère gémit. Pâques se lève et se dirige vers l'entrée de la hutte éclairée par une chandelle.

Pâques ferme son œil bleu et ne regarde que du rose pour ne pas trop en voir...
Elle devine la silhouette indistincte et ondulante de sa mère qui, à quatre pattes dans le sable, rougeoie de plaisir et se consume.
— Oui, oui, vas-y, frère. Prends-moi. Casse-moi le cul ! Butine ma plaie. De l'autre côté, l'espoir luit.
Pâques renifle la sueur de sa mère mêlée au patchouli. Mais soudain, une odeur de poisson infusé jaillit de l'homme. L'homme jouit. La mère crie affreusement. Pâques retourne sur la plage.
Au loin, sur un minicassette, une chanson connue s'écoule.
— *Lucy in the sky with dia-amonds...*
Pâques trempe la pointe d'un pied dans la mer suante. C'est chaud et dégoûtant.
Elle attend que la mouche tamoul lâche sa mère puis elle retourne à la hutte.
— Maman, je veux te quitter.
— Appelle-moi « sœur ».
— Maman, je veux te quitter quand même.
— Pour aller où ?
— A l'autre extrémité du continent. Là où je ne sentirai plus d'odeurs de thé au poisson venir dans ton ventre...
— En France ?
— ... Et si possible là où les mers n'usent pas la dalle du continent. Un endroit sans trop de sable qui froufroute de chagrin entre les doigts.

— En France, au bord d'une falaise ? J'écrirai au juge du Nord-Pas-de-Calais.
La mère a écrit. Un cycle menstruel plus tard, un juge de 46 ans a répondu d'une encre rougeoyante :

> Madame,
>
> Brisons là. J'ai prévenu la D.D.A.S.S. que votre fille les rejoindra. Dès lors, l'Etat français sera son tuteur. Brisons là. Elle n'est plus votre fille.
>
> Simone, ma femme, ira chercher l'enfant à Orly.
>
> P.-S. : Lors d'une improbable prochaine conversation épistolaire, évitez de m'appeler « Frère ». Brisons là.
>
> Léopold Papageno, juge à Boulogne/s/Mer.

Aurore.
Pâques prend son envol. Décollant de Pondichéry, les réacteurs de l'avion soufflent la nymphe vers d'autres pollens plus rugueux.
L'Airbus d'Air-India décoiffe une mèche de cumulus lilas. Il ouvre ensuite une plaie de vapeur dans un ciel gris clair taché de stratus bruns.
En bas, pour se consoler du départ de sa fille, la mère patchoulitée se fait traverser par le vélotaxi qui l'a ramenée de l'aéroport. Elle a des convulsions nerveuses. Sa fleur sexuelle ondule et le collier d'iris bleus tressaute et s'agite

autour de son cou. Maintenant, la mère semble capable de tout.
— Je vais quand même apprendre le tamoul pour bien comprendre ce qu'ils me disent...
Pâques est assise à droite de l'appareil. A travers le hublot, elle regarde l'Inde qui s'éloigne. Elle regarde de son œil rose mais c'est encore trop. Alors, elle ferme les deux yeux.
— Ma pauvre maman, il vaut mieux que je parte. Grande, une mère comme toi, je l'aurais... Shiva !
Tout là-bas, de l'autre côté de la planète, un coléoptère regarde vers l'Europe. Il virevolte et veut, lui aussi, prendre son envol. Pâques a les yeux fermés donc elle ne le voit pas. De toute façon, il est si loin. Comment pourrait-elle le voir ?
Matin ! Matin chagrin ? Va savoir !

10 ans avant le crime...

C'est une mâchoire de marque Yamaha. D'un ptérosaurien, elle a les dents prodigieuses. Elle mange des circonvolutions de craie sous la mer. Quelques Japonais alignés la surveillent et l'admirent comme une œuvre de musée.
Ses dents de 85 kg traversent des méduses fossilisées auxquelles il manquait déjà le cœur. C'est la mâchoire d'une bête métallique qui éparpille des fémurs brisés. Elle transperce aussi les courbes de bois d'une frégate anglaise échouée dans de la bave. Elle avale dans sa gueule de la vaisselle d'or, des couverts de vermeil et argenteries échappées de la coque crevée. L'engin pille. Serait-il voleur ?
120 mètres plus haut, sur la mer gris clair, des chalutiers bruns soulèvent dans leurs filets des crêtes de vagues lilas et des napperons d'écume. Alors la bête, pleine de nerfs et de veines, gonfle davantage ses artères d'huile, d'eau et d'air. Ses articulations se tendent. Elle transpire. 20 000 volts vibrionnent et éclairent.

La bête fouille dans les grands tiroirs des strates.
Son corps, à l'autre bout, fiente à jets fauves des coliques mielleuses de pierres digérées.
Des wagonnets chassent les selles par-dessus les côtes de France. Elles deviennent ensuite des collines de croûtes où les curieux se promènent le dimanche.
C'est dimanche. Un chétif médecin légiste de 51 ans à moustache grise, immobile comme une statue d'église, diagnostique le chantier.
— Arme orientale, attaque européenne. Blessure irrémédiable. Channel ne s'en remettra pas.
Le médecin légiste retourne chez lui, à Calais.
A 12 centimètres la minute, même la nuit, la bête accomplit son ouvrage...
Un autre tunnelier frère, noir et luisant, suit le fil invisible d'un laser et vient à sa rencontre.
Cela fait deux bêtes qui râlent sous la mer.
Lorsque le tunnel aura traversé le Channel, un courant d'air salutaire chassera bien des nuages. L'espoir luit.

15 mois avant le crime...

Thomas Louverture est guyanais et il a les dents du bonheur. 27 ans, très à l'aise dans ce T.G.V. Paris-Londres, il feuillette une revue où il y a des photographies de l'Inde et du golfe du Bengale. Il a les pieds posés sur le siège face à lui. Le contrôleur, en vérifiant son billet, lui a demandé de retirer ses pieds. Après son départ, Thomas les a remis.
Coléoptère amusé, la quadrichromie des paysages de l'Inde ouverte en haut des cuisses, il regarde défiler le nord-ouest de la France à travers le double vitrage.
Le long d'une saignée, le T.G.V. tranche une colline.

On n'en est plus, depuis longtemps, aux continents intacts. La Calaisie est ridée d'une quantité de cours d'eau. Elle est crevée de sources, de lacs et de mares. Il y a aussi des caves, des mines et divers gouffres où l'on pourrait ranger des cathédrales.

Ni rochers, graviers ou sables ne s'élèvent plus du sol. Tout ceci appartient aux chapitres précédents. Le T.G.V. traverse d'autres délicatesses minérales. Il passe par-dessus des houilles et sous des oléoducs.
Là-bas, on voit un terril. C'est un père assis. Sombre et exotique, il a abandonné, il y a plus de vingt ans, ses enfants mineurs...
Sur les pentes anthracite du mont, des rayures de genêts fleurissent comme des cymbales. Deux insectes bourdonnent. Un voile de vapeur lilas remonte les pentes en boucles lentes.
Le T.G.V. file maintenant dans une immense plaine, un champ de terre peigné de sillons comme la tête d'un commissaire. Piétiné par tous les homicides et toutes les batailles où sont mortes les bêtes féroces et les armées, ce champ est un mélange de phosphates, de résidus de feuilles pourries et de corps décomposés. Au détour d'un chemin, un Christ en croix ne se souvient plus de rien.
— Je ne sais plus ce qui s'est passé. Au début, il y avait un crâne nu et puis...
Au passage du train, quelques bestiaux apeurés klaxonnent dans un ciel qui se vide de toute météorologie.
Sous ces paysages, les sous-sols ont mille virtuosités. On y trouve des pierres noires à consumer dans les chaudières, des liquides « Elf » qui déclenchent des orages dans les moteurs diesel des taxis et aussi des gaz naturels capables de

chauffer au matin le lait complice des femmes amoureuses.

Lorsqu'une de ces femmes se sent trahie par les hommes, il arrive qu'elle mette sa tête dans le four de la gazinière. Elle sniffe ici les profondeurs souterraines de sa déception et s'incline vers des amis en deuil. Si la chagrinée, par erreur, allumait une cigarette, il y aurait d'abord un collier de flammes bleues autour de son cou puis à la place de l'immeuble, un cratère supplémentaire sur la planète.

Les fours à micro-ondes sont finalement moins dangereux.

Le T.G.V. survole avec précaution les virtuosités explosives du sous-sol. Magma technologique et rougeoyant lancé sur des herbages d'acier, il s'arrêtera quelques minutes à Calais-maritime, prendra son souffle puis d'un bond traversera la mer pour rejaillir plus loin que Folkestone. Il s'écoulera ensuite jusqu'aux lèvres d'une vieille Anglaise fameuse, la capitale de l'île...

Thomas Louverture lâchera le magma à Calais-maritime. Ce n'est pas lui qui s'enfoncera la mer.

Ancien animateur à R.F.O.-Guyane, St-Denis-La Réunion et Tanger, il a trouvé un nouvel emploi à « Radio-Côte d'Opale ». C'est la première fois qu'il va dans le nord de la France mais il est très à l'aise.

— Je me taperai la plus belle fille de la région Nord-Pas-de-Calais. Je lui ferai un bébé,

comme j'ai fait dans toutes les villes où j'ai parlé à la radio, puis je l'abandonnerai. Je suis comme mon père. Faire des enfants est mon seul vice. Je suis animateur-inséminateur.
A Calais, en face de la place d'Armes, la serveuse du « Cyclope » prend son service.
Dans le T.G.V., Thomas se lève et pisse vers St-Omer. Aux toilettes, il agite aussi une bombe de peinture bleue. Il inscrit sur une paroi sa plainte enfouie de tagger : « Mother ! »
Le T.G.V. semble compact et sûr de lui. Pourtant, une dégoulinade bleutée glisse sur un mur. C'est la rémanence d'un gyrophare : « Mother ! »

15 jours avant le crime...

Ce mur de cuisine, laqué gris clair, était fier de sa peinture tendue comme le ventre d'une jeune vierge. Mais depuis quelques jours, la peinture se déforme et le mur pond des gonflements bruns.

En différents endroits, la pellicule satinée se boursoufle de cloques. Certaines sont rondes, de la taille d'une pièce de cinq francs. D'autres, plus singulières, ont des silhouettes de continents.

Stainer est commissaire de police. Il est coiffé comme un champ de terre et il regarde le mur de sa cuisine.

— Mon mur est en cloque.

De ses yeux trempés et ronds, Stainer voit une boursouflure se déchirer verticalement. Une goutte d'eau rouillée sort de la poche laquée et coule. C'est un soleil de rouille qui se couche vers les plinthes.

A côté, une autre cloque est grosse et pleine. Elle accouchera sans doute demain d'un volume

d'eau pouvant presque emplir le fond d'un verre à liqueur.
— Mon mur est en cloque et moi, je suis célibataire.
Stainer a 35 ans. Il prend son revolver, vise et tire.
— Avorte !
Maintenant, la poche d'eau à naître n'est plus qu'un cratère sec. Une efflorescence de nitrates d'ammonium, calcium et potassium apparaît. Stainer regarde à la loupe les reliefs du salpêtre.
— Hoggar, monts du Kenya, Kilimandjaro...
Il pose le revolver sur la table.
Le canon de l'arme est couché sur le formica près du papier à lettres. On dirait le cou d'un ptérosaurien dont on aurait ôté la tête. Les ailes repliées forment la crosse de bois et dans le ventre-chargeur de ce dindon nu, sept balles roses attendent, rangées en cercle.
Ces œufs de laiton voudraient éclore et s'envoler mais il faut d'abord qu'une rage vienne. La rage viendra. Elle libérera les œufs de ce ventre de névrose et d'acier huilé.
Stainer dévisse le capuchon d'un stylo-plume. Il s'apprête à écrire. Il ouvre la bouche et cherche par quoi commencer.
Sa bouche est sèche. A l'intérieur, quelques dents sont penchées et déchaussées.
Les dents de Stainer se déchaussent parce que toutes les nuits, en dormant, il crispe tellement sa mâchoire que les dents, sous la pression, se penchent.

Il dort, mâchoires bloquées, afin que jamais, à son insu, ne pénètre dans sa bouche l'humidité de l'appartement loué.
Une blatte saoule de rouille titube et trace des boucles rouges près d'une plinthe. Stainer, sur une feuille de papier, trace les mêmes boucles et se plaint. Il écrit à son propriétaire.

Calais, le 24 février.

Monsieur Köchel,

Je vous écris encore une lettre à propos de l'humidité qui règne dans l'appartement que je vous loue.

Le mur mitoyen de la cuisine et de la salle de bains s'écaille en de multiples endroits.

Depuis quelques jours, un autre mur de la cuisine (celui donnant sur l'avenue Louis-Blériot) se gonfle, lui aussi, de cloques. Je suppose que c'est dû aux pluies abondantes de l'autre hiver. Il y a un problème de fissure, c'est certain. Une gouttière ou une descente des eaux pluviales aura cassé avec le gel de décembre.

Actuellement, le ciel est sans météorologie. Il n'y a rien dans l'azur mais la mémoire des anciennes pluies s'infiltre encore chez moi.

Je vous signale par ailleurs (tout comme je l'avais déjà fait dans une précédente lettre) que les plafonds du salon et de la chambre s'étiolent. Une peau translucide se détache. Des papiers peints se décollent et ça me désole.

Faites, je vous en prie, que quelque chose, quelqu'un vienne enfin résoudre mes humides soucis !

D'avance, merci.

Stainer

P.-S. : Juste avant de vous écrire, de rage, j'ai blessé le gonflement brun d'un de vos murs gris clair. Si vous ne faites rien, mon revolver mangera le mur comme un tunnelier mange une falaise. A travers le trou, je verrai l'Angleterre.

Pour le bien-être de votre immeuble, monsieur Köchel, agissez ! Moi qui vis dans la répulsion de tout ce qui est liquide, j'ai, ici, le sentiment d'habiter un aquarium.

Je n'aime pas.

Stainer

La veille du crime...

Lundi 11 mars, 18 heures.
Aujourd'hui, sur la carte météo de *la Voix du Nord,* il est écrit : « Rien. » Depuis deux semaines, le ciel est vide. Ciel d'attente, sans dépression ni courant. Il fait un temps où il ne se passera rien. Les jours sans météorologie sont sans fracas.
Carrefour des Galaxies, au cinquième étage d'un immeuble, Amédée Ponte, 61 ans et moustache devenue blanche, appelle un ascenseur. Le corps poreux d'Amédée est petit. Mais lorsqu'on lui en fait la réflexion, il répond :
— Je ne suis pas petit. Je suis loin... L'éloignement fait que vous ne me voyez pas grand.
Amédée veut aller à la charcuterie. Il referme la porte de son appartement. Sur le bois, une carte de visite est punaisée : « A. Ponte, médecin légiste à Calais. »
Le câble de l'ascenseur, qui descend le corps d'Amédée au fond de l'immeuble, s'étire comme une corde vocale au bord d'un cri. Mais le cri ne

vient pas... Rien n'arrive, les jours sans météorologie...
Amédée est dans le hall de l'immeuble. Face à lui, une double porte vitrée est protégée par deux grands cygnes en fer forgé : un mâle et une femelle. Leurs ailes déployées envahissent presque entièrement chaque paroi vitrée.
Les deux oiseaux se font face. Il y en a un sur chaque porte. Le mâle, bec ouvert, est sur la porte de gauche. La femelle, bec fermé, sur la porte de droite. Le cou du mâle tend vers un baiser mais les becs des volatiles s'arrêtent à la jonction des deux portes, au ras d'une double poignée verticale en cuivre.
Seule la porte de gauche est mobile. On ne déverrouille celle de droite que pour des circonstances exceptionnelles : un déménagement ou la sortie d'un cercueil.
A travers les torsades, Amédée regarde le ciel étonnamment vide. Ses narines frémissent : il a déjà faim du dehors.
— Ce temps pressent l'autopsie. Appétit !
Au mot « appétit », les doigts d'Amédée s'envolent et s'excitent chirurgicalement autour de sa tête. Sur ses mains, des veines et des veinules tricotent dans l'air des reflets verts. Il réajuste son col et replace son chapeau. C'est un chapeau melon hors du temps, hors la vie, rond et noir. A Calais, Amédée ne connaît personne qui en ait un semblable.
Il tire vers lui la lourde porte de gauche. Les gonds pivotent et le cygne mâle se déplace.

Dans un moment, il reviendra à proximité de la porte amie.
Mais en tirant la poignée de cuivre, le médecin légiste s'érafle un doigt contre le bec de la femelle. Une gouttelette de sang apparaît. Elle ensanglante d'un rubis le jabot de l'oiseau mâle.
Amédée regarde le fer forgé puis son doigt.
— L'amour blesse... Quelquefois, pour longtemps. Personnellement, j'ai la peine de cœur hémophile.
Une autre goutte de sang roule sur le médium et trace le dessin d'une alliance. Amédée lèche et boit le sang de son doigt.
— Ça n'était pas une vraie!
Il sort. L'air du dehors est aspiré par le hall de l'immeuble et les radiateurs. L'air retombe ensuite, en pluie tropicale, en larmes, sur le carrelage et le long des murs.
Premières pluies, premier présage!
Dehors, la tête du petit homme coiffée de noir est maintenant un demi-œuf en chocolat, lancé à travers le carrefour.
Ses bottines en agneau ont des sangles à boucles qui étranglent le cuir autour de ses chevilles. A chaque pas léger, mais crissant tout de même, l'agneau bêle la comptine des dépecés.

18 h 30.
Sur le trottoir d'en face, une fille quitte aussi un immeuble. C'est Pâques. 23 ans et splendide. De longs cheveux blonds s'étirent en

boucles de feu vers les pointes. Cette fille est un incendie. Elle s'apprête à traverser le carrefour. Le crâne chapeauté arrive à la hauteur des épaules de Pâques et bascule en arrière. La jeune fille est plus grande qu'Amédée. De son œil bleu, elle domine, amusée, le petit homme, cafard noir, qui soulève son chapeau et la salue. Mais Amédée laisse son bras en l'air. Il regarde, fasciné, l'œil rose de Pâques.

— Oui, je sais, petit homme. J'ai un œil sans vie, dit la jeune fille. Des médecins essaient de le faire éclore.

— D'abord, je ne suis pas petit. Je suis loin. Quant à cet œil intact, vous ne devriez pas le réveiller. On commence par fissurer une planète et après, on ne sait pas où ça nous mène... dit le petit homme. Bonsoir !

Amédée s'éloigne d'un pas puis se retourne.

— Mademoiselle ! je n'ai pas eu peur de vous.

— Et pourquoi auriez-vous eu peur ?

— Je crains les femmes. Mais avec vous, même pas peur !... C'est peut-être cet œuf de nymphe ou quelque chose de shakespearien. Re-bonsoir.

— Ah ! s'exclame Pâques.

Elle s'est élancée pour traverser mais sans avoir, auparavant, complètement tourné la tête sur la droite. Un automobiliste s'apprête à écraser la pédale des freins et faire hurler les pneus. Cependant, d'un réflexe, il retient le cri de la gomme. Rien ni personne ne doit crier les jours sans météorologie.

Le conducteur redoute un dérapage aux conséquences en cascade. Il réussit simplement à contourner Pâques dans une glissade d'une parfaite élégance. Ensuite, il contre-braque et file vers une cible, sans klaxonner ni insulter la jeune fille. Il est préoccupé par autre chose.

De toute façon, personne n'insulte jamais Pâques. Elle est si belle et semble si douce que personne ne s'en prend à elle.

Pâques n'a pas grondé l'automobiliste qui a failli la renverser. Comme insulte, elle a seulement dit :

— Tabouret !

Pâques fuit vers les falaises.

Amédée entre dans la charcuterie.

— De la cervelle d'agneau aux câpres ! Et pas comme celle d'hier ! L'agneau d'hier a souffert à l'abattage. Ses pensées avaient le goût du chagrin.

— Allons, allons, docteur ! dit la charcutière. Les agneaux sont des cons : leur cervelle n'a aucun goût particulier...

— Vous n'allez pas m'apprendre mon métier ! s'énerve Amédée. Je vous dis qu'il y avait des circonvolutions de grand malheur dans cette cervelle. C'est un maladroit qui a manié le merlin. Quel est son nom ?

— Comment savoir ? Maintenant, on achète tout à des grossistes parisiens et les agneaux viennent d'Australie.

— Avant, se souvient Amédée, je pouvais, sans jamais me tromper, réciter les noms des tueurs de viande que je mangeais. Mais depuis Rungis et les carcasses importées, je ne sais plus qui tue. L'agneau d'hier a dû pleurer beaucoup au moment de mourir. Avez-vous gardé ses yeux ? J'aimerais vérifier.

— Je vous en prie, docteur. Vous n'êtes pas au travail, là. Et puis, regardez, vous faites fuir la clientèle. Pour combien de personnes, la cervelle ?

— Une personne ! Trente ans que je commande pour une personne ! Le fait qu'un jour ce soit pour deux serait étonnant.

— Un peu de coulis de tomate, pour accompagner ?

— Ah oui, du coulis de tomate ! Rouge !

19 heures.

Six étages au-dessus de la charcuterie, c'est là qu'habite M.A. Lucy Channel. Cette vieille demoiselle anglaise est le professeur de chant de Pâques.

Elle habite au dernier étage de l'immeuble, sous un dôme ovale en ardoise. Le dôme règne sur le carrefour. Deux fenêtres œil-de-bœuf s'allument côte à côte dans le jour qui fuit vers les falaises. Lorsque la demoiselle, en ombre chinoise, passe devant une fenêtre, sa silhouette noire donne l'illusion d'une pupille qui se déplacerait à l'intérieur d'un œil jaune.

Pour l'instant, l'œil gauche regarde vers le ciel. C'est parce que, s'aidant d'une canne, M.A. Lucy monte sur un tabouret à clavecin et ferme enfin le 27e verrou à pompe de sa porte d'entrée.

Tout un alignement d'aciers et de mécaniques pneumatiques protège la vieille Anglaise dans son dôme. Le territoire de M. A. Lucy Channel est cousu de 27 points de suture de marque « J. M. Muel incrochetable ».

La paranoïa de son professeur amuse beaucoup Pâques. L'élève taquine et choque l'Anglaise avec enthousiasme. Elle l'appelle seulement « M.A. » parce que ça ressemble à « aima »...

— Trop de verrous à votre porte, M.A., pour que l'amour coule sous votre dôme ! Seule la violence peut être attirée par ce rempart.

— Je me protège des imbéciles et des maris, ma petite fille, et vous feriez bien d'en faire autant. L'amour blesse et vous ne le savez même pas...

— Si, je le sais.

— Moi, je n'ouvre qu'à vous et à mon infirmière. Personne n'a plus à pénétrer sous mon dôme. Même pour des travaux, je n'ouvrirai pas à des ouvriers... Le mois dernier, lorsqu'un de mes robinets a fui, c'est le mari de l'infirmière qui est venu me le réparer. Sinon, j'aurais laisser goutter...

— Tiens, justement. Je vais la voir, tout à l'heure, Mme Levillain. Avez-vous une commission à lui faire ?

— Dites-lui que je préférerais qu'elle vienne dans deux jours plutôt que demain. Mes soins peuvent attendre et puis j'ai de pleins tiroirs de vaisselle à m'occuper. Cuillères d'or et de vermeil à faire briller, argenterie à récurer.

— Je le dirai à Mme Levillain.

— Oui, si vous y pensez. Vous êtes tellement étourdie...

— C'est à cause de mon œil rose, M.A... Je vois à moitié, je me souviens à moitié... Mais dites-moi franchement, de femme à femme, jurez-moi que vous n'avez jamais connu d'homme.

— Ce que vous êtes curieuse ! Vous êtes bien une fille ! Je suis sûre que vous butinez partout dès que j'ai le dos tourné... J'ai vu passer la rémanence d'un simple vice. Ça vous suffit ? Moi, ça m'a largement suffi.

— Aucun enfant ? Pas d'autre cri à l'intérieur de vos bras ou sortant de votre bouche, M.A. ?

— Rien dont je me souvienne !

— Bzz ! Quel dommage ! Une vie sans mari ni enfant, ça ne sert à rien. C'est du sable. Mais on ne sait jamais. Peut-être n'est-il pas trop tard... Peut-être qu'un jour, quelqu'un fera jaillir un râle au fond de votre gorge. Et alors, vous regretterez de ne pas avoir hurlé plus souvent.

— Oui. Eh bien, ce n'est pas ce soir que je pousserai la chanson. Et puis, j'en ai assez entendu ! Maintenant, envolez-vous vite et ne revenez que la semaine prochaine. En attendant, protégez la vibration si particulière de votre gorge et tâchez de ne pas trop faire de bêtises. Allez, ouste !

— Si un jour je rencontre le garçon que j'espère, M.A., je viendrai chez vous barbouillée de son plaisir et vous ferai sentir l'odeur du corps qui aime. J'aurai même du lait de jouissance dans ma bouche que je mêlerai à vos

lèvres pour que vous en connaissiez aussi le goût.
— Petite dégoûtante, vous m'assommez ! Vous profitez trop du fait que je vous aime comme mon enfant !
— Votre enfant ?
— Mon enfant...
— Je vous embrasse, M.A. A bientôt !
La vieille Anglaise referme, un à un, derrière Pâques, les 27 verrous à pompe de son dôme. Elle remet aussi en place sa perruque lilas. Sous la perruque déplacée, on a vu un crâne gris clair avec des gonflements bruns.
— Cette chipie a trop besoin de pollen d'amour. Elle a tort. Désirer l'amour, c'est le danger. Lorsque cette drogue s'en va, on est en manque et perdu. Et je sais de quoi je parle.
M.A. Lucy Channel redescend de son tabouret puis, s'aidant de sa canne, file vers la cuisine. Elle longe un papier peint au graphisme octogonal et passe devant une affiche jaunie avec un dessin qui représente une clairière dans la forêt amazonienne.
Sur l'affiche, il est aussi écrit : *Premier Janvier. M.A. Lucy C... and Simple V. Concert Mozart, « La flûte enchantée » à Pompidou-Papa-Ichton (Guyane française).*
La vieille fille passe devant l'affiche sans la regarder. Elle grogne seulement :
— Bon, c'est pas le tout... Mais moi, il faut que je fasse bouillir de l'eau et que je regarde ma cassette vidéo.

20 heures.
Stainer revient de l'hôtel de police, place de Lorraine. Mais il est d'abord allé faire ses courses à « Mammouth », route de Boulogne, près de l'entrée d'Eurotunnel. Il est aussi passé chez « Leroy Merlin-bricolage » où il n'a rien acheté. En revenant sur Calais, sa voiture longe le mur rouge des abattoirs.
Ces abattoirs sont inutilisés. Les brise-crâne et les merlins ne servent plus à rien. Ils sont posés sur les paillasses. Il n'y a plus de têtes à casser ici. Les hypermarchés et les charcuteries de la région se fournissent à Rungis. On ne tue presque plus à Calais.
Stainer roule prudemment. Il se méfie des dérapages. Tout à l'heure, carrefour des Galaxies, il a failli bousculer une jeune fille sublime aux cheveux de feu. Il lui a aussi semblé qu'elle avait un œil rose.
Avenue Louis-Blériot, il monte maintenant à pied les quatre étages qui mènent à son appartement. Suspendu à sa main droite, un lourd panier est empli de nourritures sèches en bloc, en poudre ou en grain. Le panier est en osier et cela plaît à Stainer. L'osier est un végétal débarrassé de sève et d'eau. Dans le panier, il y a du chocolat de Côte-d'Ivoire, des dattes d'Algérie, des arachides du Brésil emballées sous vide, des galettes chinoises qui aspirent la salive et d'autres aliments provenant tous de pays exotiques,

ensoleillés et souffrant l'œil souffrant de la chienne battue.
— De la sécheresse pour me nourrir.
A l'approche de l'appartement, l'humidité déforme déjà quelques emballages. Stainer regarde au bout de son bras les cartons qui gondolent. Il fait la gueule.
Il entre chez lui et pénètre dans la cuisine. Le lourd panier écrase les articulations de ses doigts. Mais Stainer ne le pose pas. Sa bouche se crispe et n'a plus de lèvres. Un après un, de la main gauche, il range les aliments dans un placard dont la porte ferme mal parce qu'elle a gonflé. Boîte après sachet, Stainer soulage son bras par conditionnement d'un kilo ou 500 grammes. Il aime sentir progressivement dans sa main l'amélioration et le soulagement. Le panier vidé, il desserre lentement l'étreinte de ses doigts engourdis. Il regarde les plis blancs des phalanges vidées de leur sang. Il sourit. Puis vient un réchauffement dans sa main. Un réchauffement dû au liquide rouge qui circule à nouveau dans ses doigts. Les articulations s'irriguent. Stainer n'est plus intéressé.

21 heures.
Pâques vit sur le quai du Paradis. Elle loue un studio, coin-cuisine et salle de bains, au-dessus du garage de M. et Mme Levillain. Eux, ils habitent au rez-de-chaussée.
Mme Denise Levillain a 60 ans. Ronde et solide de corps et d'âme, robe rouge à pois noirs, elle

est une coccinelle coiffée d'une permanente. C'est aussi une ch'timie qui parle parfois avec des mots de patois. Par exemple, pour dire chaise elle dit « caillelle ».

Infirmière au C.H.R. de Calais, elle travaille trois heures le matin et trois heures le soir. Mais, son mari étant chômeur, elle arrondit les fins de mois avec des piqûres à domicile. Elle ferait tout pour son mari.

— Mon mari est une cigale et ne travaille pas. Mais je l'aime comme ça.

Mme Levillain donne des soins à M. A. Lucy Channel, le professeur de chant de Pâques. Pour le moment, elle frappe à la porte de la jeune fille et dit :

— Bonsoir. C'est moi.

La maison des Levillain est semblable à toutes les autres maisons alignées sur le quai du Paradis : blanches, à un étage, avec des toits fortement pointus. Par-dessus les maisons et le port, le ciel de nuit est un vertige.

Au bout du quai, dans l'avant-port, les cargos retenus par des câbles sont des baisers sorciers, noirs et exilés. Le jour, vus du ciel, ces navires chargés de bois, de pâte à papier ou de soufre liquide ressemblent à des bouches d'Afrique sensuelles et venimeuses. Les coques des bateaux, enflées en leur milieu et percées de hublots, arrivent ou repartent lourdes de bonjours ou d'adieux.

Pâques regarde souvent les cargos à travers la fenêtre de son studio. Elle dit : « Je veux des

lèvres gonflées comme eux. J'en ai assez des bouches européennes. »
Sur le rebord de sa fenêtre, il y a quantité de fleurs tropicales : iris, orchidées et d'autres plus bizarres...
— Installez-vous sur la caillelle, mon enfant.
Nue sous un sari, Pâques écoute son infirmière.
Mais d'abord, elle allume un bâton d'encens.
Elle retire de la chaise des livres de géographie, un atlas et des livres d'histoire et c'est ensuite qu'elle s'assoit. Elle bascule la tête en arrière. Sa chevelure, cascade blonde, chute en direction d'un tapis mais se fige dans l'air immobile.
Lèvres belles et entrouvertes, un parfum de gelée royale s'échappe de la bouche de Pâques.
Mme Levillain, de ses grosses mains, prépare une seringue et l'emplit de silicone.
— ... Comme si vous aviez besoin de ça ! Enfin... Calez-vous bien sur la caillelle. Et puis, attention, ma belle, ça risque de faire mal.
— Piquez aux commissures, madame Levillain. Je ne cicatrise pas bien. J'ai en haut de la cuisse une plaie comme trois montagnes : Hoggar, monts du Kenya, Kilimandjaro...
Le sari de soie épouse la forme du corps de Pâques. Mais entre ses longues jambes écartées et fines, la soie vaporeuse s'abat comme un souffle. Des pieds nus, aux ongles maquillés, sont posés à plat sur le tapis.
L'aiguille de la seringue troue une lèvre. Pâques a envie de crier mais elle ne crie pas. Personne ne crie, les jours sans météo.

Mme Levillain propulse fermement la silicone. Le liquide épais se résorbe dans les lèvres fiévreuses qui s'enflent de manière africaine.
Les talons de Pâques s'élèvent dans l'air tandis que ses ongles peints creusent le tapis.
Dehors, une bourrasque vient, fouette et gifle les carreaux puis part en hurlant sur le port.
— Tiens, de l'air a bougé!
Pâques a mal. Ses mains sont crispées et nouées entre ses jambes. Elle les remonte vers son ventre et de l'intérieur de ses deux poignets frêles, pour se calmer, elle frôle son sexe. Moiteur.
— Il m'aimera...
— Qui?
— Celui pour qui je fais ça.
— Qui?
— Il existe et il m'aimera.
Pâques a laissé sa tête échouée sur le dossier de la chaise. Une grosse larme emplit son œil rose puis déborde et coule jusqu'à sa bouche brûlante.
— J'aurai un mari qui sera comme un frère et je ne serai plus jamais seule. J'aurai tout fait pour lui plaire...
Mme Levillain, ronde et bonne, se redresse et regarde la jeune fille se parler à elle-même.
— Ma pauvre petite, je ne sais pas ce qui vous arrivera. Mais vous méritez bien du bonheur.
— Madame Levillain, j'avais quelque chose à vous dire mais je ne sais plus quoi...
— Vous me le direz demain. Je file à l'hôpital.

Je suis en retard. Mon mari m'attend dans la voiture.
— De toute façon, ce n'était pas important... Je crois.
Mme Levillain enfile un manteau jaune pardessus sa robe rouge à pois noirs.
— M. Levillain va vous faire le taxi ? Il doit être content.
— Oui.
— Vous savez, madame Levillain, j'aimerais que tous les gens soient heureux.
— Je sais, Pâques. Mais essayez seulement de l'être, vous. Ça sera déjà pas si mal.
21 h 30. Mme Levillain dit :
— Vous ne travaillez pas au « Cyclope », ce soir ?
— Non. Ni ce soir ni demain. Je suis de congé.
21 h 30 et une minute, Mme Levillain sort.

22 heures.
Pâques s'approche de ses iris et de ses orchidées. De la pointe de la langue, gourmande, elle en lèche le nectar.
— Je rêve d'une autre orchidée, une fleur étourdissante de bonheur...
Pâques se redresse car elle a entendu, dans le garage situé sous son studio, revenir la très vieille et très usée « 203 » de M. Levillain.
Il la gare près d'un établi puis se dirige vers son appartement.
Louis Levillain a 59 ans. Il est assez mince,

d'allure sportive avec des tempes grises et des pattes de rocker des années soixante.

Il accroche au portemanteau de l'entrée un imperméable jaune qui ressemble beaucoup à celui de sa femme.

Il s'installe dans un fauteuil du salon et feuillette négligemment *Système D*, le magazine du bricolage et de l'amélioration de l'habitat. Sur l'accoudoir du fauteuil, il y a aussi *Info-taxi*, la revue corporative des taxis parisiens.

M. Levillain est très bricoleur. Il a tout refait dans son appartement et répare lui-même sa vieille « 203 ». Il construit aussi des maquettes de voiliers.

Sur l'accoudoir, Louis Levillain repose *Système D* par-dessus *Info-taxi* et il réfléchit. Dans trois heures, il ira rechercher sa femme à l'hôpital. Il aime bien conduire et ramener les gens. Son rêve serait d'être taxi. C'est d'ailleurs pour donner l'illusion et lui faire plaisir que toujours, en voiture, Denise s'assoit à l'arrière.

M. Levillain aurait voulu être taxi et conduire une Mercedes blanche, break et diesel. Mais une Mercedes coûte cher et une plaque de taxi aussi : 300 000 francs.

— Je n'ai pas 300 000 francs. Je n'ai pas de quoi acheter une Mercedes. Des gens ont cet argent et ne s'en servent pas. Par exemple : M. A. Lucy Channel. Ma femme me l'a dit, ses tiroirs sont emplis de vaisselle d'or, d'argent et de vermeil. Elle ne s'en sert pas.

M. Levillain est dans son fauteuil et murmure :

— Les gens disent de moi que je suis une cigale. Mais, c'est simplement parce que je ne peux pas faire le métier que j'aimerais... Avoir un taxi... Embarquer des gens vers des gares, des départs ou des arrivées... Les conduire vers d'autres gens qui les attendent, les espèrent...
Louis se lève et va faire mijoter le dîner de Denise. Pour aller dans la cuisine, il faut traverser l'entrée. M. Levillain frôle au porte-manteau un imperméable jaune qui ressemble beaucoup à celui de sa femme. L'habit jaune balance et hésite.

23 heures.
M. A. Lucy Channel dort dans un amas de branchages secs, un lit de bois sculpté à la gouge. Enfouie sous un amoncellement d'édredons décorés de feuillages, sa tête chauve roule sur un traversin et luit.
Personne ne frappe à la porte de son dôme, ni l'amour ni rien. Près du lit, accrochée à une chaise, la perruque du professeur est suspendue, molle et de traviole. C'est un nuage lilas.
Le crâne nu de M. A. est gris clair avec des gonflements bruns.
Dorénavant, les météos peuvent démarrer. Tout peut arriver. Tout arrivera !

Le jour du crime...

Quai du Paradis.
Cette nuit, Pâques a fait un rêve. Au début, c'était un cauchemar mais à la fin c'était un rêve.
Son radio-réveil se déclenche :
— ... Et maintenant, de huit à dix heures, sur « Radio-Côte-d'Opale », le programme musical de Thomas Louverture ! Mais d'abord, son bulletin d'information. A vous, Thomas !
Pâques force le son.
— Salut les autochtones !... La nouvelle que l'on attendait depuis quinze jours : le ciel sort aujourd'hui de sa léthargie ! Dans l'après-midi, on prévoit de la bruine. Cette nuit, un nuage pourrait même s'élever dans le ciel...
Pâques élève son buste nu dans l'air de son studio. Ses seins blancs ont deux taches brunes.
Elle trouve que la voix à la radio est exotique.
La jeune fille est assise à gauche du fleuve sombre des draps, près de grands livres de géographie et d'un atlas. Elle a pris l'habitude

de dormir de ce côté du lit. Ainsi, lorsqu'un amant de passage — un amant d'hygiène — l'accompagne certains soirs, le lendemain au réveil, de son œil rose, elle n'en voit pas trop.
— Le jour où j'aurai un mari, un frère (ou seulement la moitié d'un si c'est trop), je dormirai à sa droite pour, au matin, de mon œil bleu, en visiter tous les détails. Ce sera mon musée, mon Prado.
Pâques a parlé d'une bouche finement enflée de silicone.
Elle ouvre l'atlas et, d'une phalange, caresse un continent brun : l'Amérique du Sud. Le doigt survole la forêt amazonienne.
Pâques aime la voix qui parle à la radio mais elle regrette d'avoir réglé son radio-réveil si tôt. Elle ne reprend son service au « Cyclope » que demain matin.
Elle aurait voulu dormir plus longtemps. Elle faisait un rêve. Au début, c'était un cauchemar mais à la fin, c'était un rêve...
Du revers de la main, elle caresse maintenant la carte d'Angleterre. Elle glisse un doigt sur « Angle » et ne dit rien.
La douceur de la voix exotique s'est érigée dans le rêve. Luisante et noire, elle rejoint Pâques vers des profondeurs moites.

Quai du Paradis, sous le studio de Pâques, près du garage.
Louis Levillain est debout depuis deux heures. Il recoud le gréement de la maquette au soixan-

tième d'un « cent-tonneaux » : le « Santa-María ».
La lourde nef de Galice est posée sur un buffet de la salle à manger. Les doigts mousses de Louis sont d'habiles rayons de soleil qui peuvent tout réparer. Louis Levillain est vraiment très bricoleur. Rien ne lui résiste. Il sait comment ouvrir n'importe quel verrou en y glissant une simple carte de crédit.
A côté du voilier, le souffle d'un tuner est branché sur « Radio-Côte-d'Opale ». Le son propulsé enfle une voile triangulaire à l'arrière : l'artimon.
Cette nuit, Louis a fait un rêve. Au début, c'était un rêve mais à la fin, c'était un cauchemar. Dans son rêve, il avait un désir et, pour l'assouvir, il agissait de façon catastrophique.
Il dit : « ... Mais tout ça, c'est des bêtises » et il peint de grandes croix mystiques sur les voiles carrées de la misaine et du grand mât.
Louis, élégant dans ses allures de vieux rocker, a le regard un peu fourbe. A la radio, réglée sur « force 4 », une chanson des Beatles file à cinq nœuds :
— *Lucy in the sky with dia-amonds...*

C.H.R. de Calais, le long du canal de St-Omer, huitième étage.
Denise Levillain passe dans le couloir de l'hôpital avec, à la main, un bouquet de seringues assoiffées de sang. Le matin, Denise travaille de sept à dix heures. Un grand monsieur voûté et

large d'épaules vient à sa rencontre. Il a dans une main un chapeau melon et, dans l'autre, un bouquet d'iris rouges.

— Pardonnez-moi, madame, la chambre 712 ?

— C'est au septième étage. Ici, vous êtes au huitième...

— Oh ! Quel étourneau je fais !

— Vous prenez l'escalier, là-bas, près de la caillelle et...

— Brisons là. Je trouverai.

Les deux bouquets (celui de Denise et celui de Léopold) se croisent vers des perspectives, dans le couloir géométrique aux odeurs d'arnica.

Sous sa blouse blanche, Denise, coccinelle en robe rouge à pois noirs, devine sous le manteau du monsieur de larges omoplates qui palpitent comme des ailes de papillon.

Léopold Papageno a les paupières rougeoyantes. Il a parlé à Mme Levillain sans la voir vraiment. La bouille ronde de Denise, dans quelques minutes, il ne s'en souviendra plus.

C.H.R. de Calais, septième étage.

Simone Papageno a 61 ans et une pneumonie foudroyante. Elle sera morte avant ce soir. Léopold le sait et c'est pour ça qu'il a les yeux rouges. Il ouvre la porte de la chambre 712 et dit :

— Bonjour Simone. Comment te sens-tu ?

— Bien.

Le fait que sa femme ne se plaigne pas gonfle davantage les yeux de Léopold.

Simone ne s'est jamais plainte de rien. Pourtant, elle a toujours été de santé fragile. Déjà, adolescente, elle avait des rhumes et Léopold lui préparait des bols de vin chaud.
A Simone, il aurait fallu des climats torrides pour assécher ses bronches.
— Léopold, tu ne vas pas au tribunal de Boulogne, aujourd'hui ?
— Non.
— Tu iras demain.
— Non !
Léopold éclate en sanglots. Il sait que demain, on enterrera Simone. Ses yeux lâchent, dans cette chambre d'hôpital, une petite pluie tropicale.
— Ne pleure pas, mon chéri.
— Simone ! Si j'avais su, si j'avais été moins têtu, nous aurions vécu au bord d'une île ensoleillée. On m'avait proposé un poste à St-Denis-La Réunion. J'aurais dû écouter mon père et fuir la proximité de l'Angleterre. Cette libellule idiote a débarqué trop de bruines dans tes bronches.... Et la météo, qui en prévoit le retour pour cet après-midi... Dans l'autre hémisphère, près du piton de la fournaise, les rayons du soleil auraient peint de grandes croix pharmaceutiques sur les voiles de tes poumons malades...
— 45 ans d'amour radieux, Léopold ! Avons-nous à nous plaindre ?
— Il me manque les premières pages de ton histoire. Je n'en ai pas même une illustration.

— Je t'avais promis la fin.
— Enfant, je t'aurais prêté mes maquettes de voiliers, « Santa-María », « Niña »...
Simone a un râle et des piaillements d'oisillons dans les bronches. Le cratère de sa bouche tousse et crache quelques attendrissants jets de plumes rougeoyantes et des débris de coquilles.
— Léopold, je regrette seulement de ne pas avoir su te laisser un enfant. Tu aurais tant voulu une fille. Comme celle que... Te souviens-tu ?
— Tais-toi, Simone.
Simone ne dit plus rien.
— Parle-moi, Simone !
Simone ne dit plus rien quand même. Elle est dans un lit de tubulures blanches posé sur un carrelage.
Léopold se penche vers le corps de sa femme.
— Simone ! Je t'avais apporté des fleurs... Que vais-je faire de ces iris ?

Carrefour des Galaxies, six étages au-dessus de la charcuterie et des cervelles australiennes.
Assise à une table, près du lit, M.A. Lucy Channel n'a encore rien dit de la journée. Elle astique seulement, l'une après l'autre, tout un alignement de petites cuillères en or, argent et vermeil. Sur son clavecin, il y a une cassette vidéo, un flacon de « Miror » et un transistor.
— Vous êtes toujours sur « Radio-Côte-d'Opale » et c'est Thomas Louverture qui vous accompagne jusqu'à dix heures... Prochain

chanteur : John Lennon, Anglais piqué d'une balle. De lui, ma chanson fétiche : *Mother !*
M.A. Lucy se lève avec difficulté pour ranger la vaisselle précieuse dans un tiroir du buffet. Les reflets de l'or éclairent l'hémisphère sud de son visage. En passant près du clavecin, elle entend l'animateur dire :
— Les premières paroles de *Mother* sont :
— Pff ! dit M.A. Lucy et elle éteint la radio.

De l'autre côté du carrefour des Galaxies, cinquième étage.
Il y a quelques minutes, Amédée Ponte a voulu ranger sous l'évier huit bouteilles de pauillac. Mais l'une d'elles lui a échappé des mains et est, tout à l'heure, morte dans un râle vers le carrelage. Par-dessus la bouteille terminant sa course, du vin a jailli et tournoyé dans l'air comme un tremblant bouquet d'iris. Quelques éclaboussures ont même fleuri la photo encadrée d'une petite fille de St-Laurent-et-Benon, accrochée à un mur.
Amédée regarde la photo et il est surpris. Il aurait juré que, sur le tirage, la gamine tenait près d'elle un cerceau. Mais voilà que maintenant, elle est prisonnière du fin cercle de bois.
Amédée dit :
— La vie a de ces bizarreries ! Mais je ne comprends rien à la vie.
Il se relève et se signe. Il regarde par la fenêtre. De l'autre côté du carrefour, le haut d'un immeuble est un dôme ovale avec deux fenêtres

jaunes. Derrière l'une des fenêtres, une silhouette de vieille fille passe, les bras chargés d'or, argent et vermeil. La fenêtre illuminée déplace son regard vers le port.

Avenue Blériot, quatrième étage.
Stainer ramasse une lettre glissée sous sa porte par la concierge. C'est une lettre du propriétaire. Stainer est content. Il vit un rêve. Il l'ouvre et la lit. Stainer fait la gueule. Quel cauchemar !

> Monsieur Stainer,
>
> Cela fait dix fois que vous m'ennuyez avec de soi-disant problèmes d'humidité. De missive en missive, je me demande si en fait ce ne serait pas (plutôt qu'un plombier) un psychanalyste que vous devriez rencontrer.
>
> Dix ans d'analyse assécheraient vos murs sans doute plus que vous ne le pensez.
>
> Quant aux trous que vous creusez dans le calcaire de ma cuisine, souvenez-vous qu'en arrivant dans cet appartement, vous avez signé un état des lieux.
>
> Etre commissaire ne vous donne pas tous les droits, monsieur Stainer. Il y a des lois. Vous semblez quelquefois l'oublier.
>
> Köchel

Stainer lève le chien de son revolver. Il pose un doigt sur la détente et vise le mur gris clair taché de gonflements bruns.
— Je vais crever cet os.
Une blatte apeurée se love, frileuse, dans la cloque d'un mur.

Avenue Blériot, dans un taxi.
Pâques a demandé au chauffeur de la conduire au C.H.R. de Calais. Le taxi avance le long de l'avenue puis il longera le boulevard des Indes et le canal de St-Omer.
Pâques a rendez-vous au septième étage de l'hôpital. Tout à l'heure elle verra, de son œil rose, quelques infirmiers flous courir dans le couloir, vers la chambre 712.
Ensuite, on enfermera la jeune fille dans une pièce noire et, à l'aide d'un rayon laser, des ophtalmologistes essaieront de modifier la structure de son œil rose. Pâques, assise, aura la tête sanglée de cuir contre un dossier. Elle aura peur. Elle dira :
— Chaise électrique, maman ! Pourquoi je viens ici, moi ? Que ferais-je d'un iris supplémentaire ? Les portraits de Modigliani s'en passent bien, eux, maman !
De séance en séance, le fin rayon fauve projeté dans l'œil de Pâques a pour but de réveiller la coquille de son globe oculaire et de le fracturer d'une pupille. Jusqu'ici, la cornée reste intacte. Aucune déchirure n'éclabousse sa surface.
Les médecins discuteront entre eux des muscles moteurs de l'œil rose. Ils diront :

— Attention au grand oblique. Méfions-nous de l'anneau de Zinn. Surtout, ne pas frôler la poulie de réflexion. Il y aurait danger de mort !
Le taxi tourne sur la gauche. Pâques ne pense à rien. Elle entend seulement à la radio la voix exotique citer puis traduire des paroles de *Mother !*

Mother ! You had me
But I never had you
I wanted you. You didn't want me
I needed you. You didn't need me...

Pâques est assise à l'arrière droit du taxi. A travers la vitre, elle regarde un tag bleuté, inscrit à la hâte en plusieurs endroits du boulevard. Dans la rémanence de cette calligraphie sauvage, on lit : « Mother ! » Pâques regarde de son œil rose mais c'est encore trop. Alors, elle ferme les deux yeux. Elle entend :

(Mère ! Tu m'as eu
Mais je ne t'ai jamais eue.
Je te voulais. Tu ne m'as pas voulu.
J'avais besoin de toi. Tu n'avais pas besoin de moi...)

Pâques dit :
— Lorsque la voix de cet animateur parle en anglais, on dirait du sperme... J'aimerais boire cette voix !
— Pardon ? demande le chauffeur.
Le taxi file sur la droite.
Le long du canal, il y a un concessionnaire « Mercedes ». De l'autre côté de la vitrine, Louis Levillain, dans son imperméable jaune,

tourne comme un fauve autour d'une voiture blanche, break et diesel. Il trace une spirale fourbe autour de la proie mécanique et s'interroge. Pâques a les yeux fermés, donc elle ne le voit pas.

Elle baisse sa vitre pour renifler la bruine qui vient. Alors, ses très longs cheveux blonds s'échappent au-dehors et dessinent derrière le taxi l'élan d'une cape.

— A partir d'aujourd'hui, je prends ma dernière plaquette de pilules contraceptives ! dit Pâques.

— Nous arrivons, répond le chauffeur.

Le crime

19 h 30. M.A. Lucy Channel fait bouillir de l'eau.
La casserole est un cratère en ébullition. De grosses bulles éclatent à sa surface et lâchent des poches d'air qui crèvent en vapeur. Une multitude de petits nuages bouillants montent jusqu'au plafond. La condensation retombe ensuite en pluie tropicale.
A la verticale de la casserole et jusqu'au plafond, c'est la Guyane.
M.A. Lucy abandonne dans le récipient sept œufs. Mais ils rebondissent dans la tourmente au-dessus d'un collier en fleurs de gaz bleu.
Les œufs se fêlent. M.A. a trop forcé le thermostat. Un albumen liquide s'écoule des fêlures puis se fige. Ce sont des baves de neiges brûlantes. La blessure échappée d'un œuf taché de rose a une silhouette de crête montagneuse : Hoggar, mont du Kenya...
D'autres écumes grimpent comme des ascen-

seurs puis viennent heurter la circulaire falaise d'aluminium.
M.A. Lucy se penche par-dessus la casserole. Elle regarde le remuement. Quelques gouttes de sueur perlent sous sa perruque lilas.
La vieille Anglaise tourne le bouton du gaz. Le collier en fleurs de flammes s'évanouit.
Les sept œufs abîmés dérivent étourdis, chacun pour soi, dans la ronde cité au nord-ouest de la gazinière.
Certains œufs ont des crevasses qui les affolent. D'autres, des boursouflures encombrantes.
En regardant attentivement, on s'aperçoit que les surplus d'albumen des uns pourraient parfaitement combler les manques des autres. Avec un peu de science ou un hasard, les sept œufs abîmés mêleraient leurs blessures. Ils redeviendraient ainsi sept œufs réparés et heureux. L'espoir luirait ! Mais qui fera ça ? Qui aura le geste miraculeux ? En tout cas, pas M.A. Lucy. Elle, elle mange les œufs.
A l'heure où le jaune du soleil coule à l'horizon, sept œufs coque sont le repas quotidien du professeur de chant.
M.A. Lucy les apporte à sa table. Mais comme elle n'a pas su s'en occuper, ils sont là, blessés, prêts à être dévorés lors du grand festin.
Ce sont des œufs d'hypermarché aux coquilles fragiles, pondus dans des batteries industrielles. Pas de solides œufs de ferme. On ne pond presque plus autour de Calais.
Cinq œufs ont une coquille de couleur ordinaire.

Le sixième est taché de rose. L'enveloppe du septième est sombre...
Cet œuf exotique, contrairement aux apparences, est sans doute le plus mutilé. Sa surface ne présente qu'une plaie souriante mais l'intérieur est un chantier. Sa plainte s'écoule en chanson.

Mother, you had me
But I never had you.

Comme tous les soirs, depuis des années, M.A. Lucy place son unique cassette V.H.S. dans le magnétoscope. Elle rapproche de la table le tabouret à clavecin. Ensuite, elle range les œufs dans les alvéoles de sept coquetiers d'or sculptés d'anges qui voltigent.
Le professeur prend sa canne et boite jusqu'au buffet. Dans un des tiroirs, elle choisit sept petites cuillères. Les petites cuillères de M.A. Lucy sont des pièces de collection rapportées de très anciens voyages. Elles sont en or, argent et vermeil. Elles ont toutes, en haut du manche, une figurine ciselée symbolisant un endroit différent de la planète.
M.A. Lucy choisit sept petites cuillères dans une strate du buffet : le Taj-Mahal de l'Inde, un voilier de Lisbonne, une seringue, le code Napoléon, la maison de Sherlock Holmes à Londres, une cymbale de La Nouvelle-Orléans et une note de musique.
De retour à la table, M.A. place devant chaque coquetier une petite cuillère décorée. Puis elle décalotte les premiers œufs.

Elle mange. Des jets jaunes filent entre ses dents. Sa langue charrie des amas de blanc. Au bord de sa bouche, le sel et le poivre scintillent comme du sable.
D'un index sur la télécommande, la vieille fille déclenche sur sa V.H.S. le déroulement d'un dessin animé anglais.
Dans un graphisme simpliste, on voit une main fauve entrer dans le champ. La main est armée d'une petite cuillère. Elle frappe, dans un bruit de cymbale, sur la coquille d'un œuf gris clair taché de brun.
A l'intérieur de l'œuf, une voix s'élève :
— *Yes ? Who is it ?* (Oui, qui est-ce ?)
Provenant de la main, une autre voix répond :
— *But, that's me.* (Mais, c'est moi.)
Il y a un silence. Puis la main reprend son martèlement. Alors, à l'intérieur de l'œuf, la voix interroge à nouveau :
— *Yes ? Who is it ?*
— *But, that's me.*
Le gag à répétition dure les cinq minutes de la cassette et à chaque fois, la vieille Anglaise rit. Elle frappe à coups de cuillère sur les œufs rangés devant elle et imite le dessin animé. De deux voix différentes, elle dit :
— *Yes ? Who is it ?*
— *But, that's me.*
Et elle rit davantage.
A chaque fois qu'elle crève un œuf ou bien qu'elle voit l'action se dérouler à la télé, elle n'en peut plus de rire.

Lorsqu'elle brise le dernier œuf, le sombre, là, elle se bidonne vraiment et retient son ventre. Elle rit tellement qu'elle tombe sur le lit, roule et se déshabille, jambes relevées dans des positions obscènes. Elle est soudain prise d'une agilité insoupçonnée. Retenue autour de son cou par une chaîne, une pépite d'or balance entre les deux seins maigres. M.A. tousse, crache et n'en peut plus de rire. C'est une folle.
Pendant le générique de fin, enfin elle se calme et glisse sous les édredons son corps minuscule (replié, environ 1 m 10).
Les côtes blanches de sa poitrine apparaissent sous la peau fine. Elles sont les charpentes ovales d'une coque de navire naufragé. La poitrine entière est un petit bateau stupide échoué dans la marne de l'édredon. L'édredon a des dessins de feuillages.
Par-dessus le lit aux armatures de branchages secs, il y a un grand lustre en fausses pierreries, jamais allumé. D'un doigt sur la télécommande, M.A. éteint magnétoscope et télévision.
Tout à l'heure, elle a ri si fort qu'elle n'a pas entendu quelqu'un venir se cacher dans le trou noir du palier.
De l'autre côté du battant de la porte, une voix murmure :
— Il fait un temps assommant de crâne nu.
La vieille demoiselle, maintenant, balade sa tête sous les moulures du plafond. Les murs sont constellés de souvenirs (cartes postales de Guyane et Nouvelle-Orléans, une affiche

concernant un ancien concert dans la forêt amazonienne et le visage photographié d'un batteur noir en costume à rayures...).
Un souffle, derrière la porte, attend.
Un tiroir ouvert, tapissé de papier bleu, est empli de reflets d'or, d'argent et de vermeil.
La vieille demoiselle soulève de sa tête une fausse chevelure. Un nuage lilas s'en va. Alors la tête est nue, vulnérable à tous les séismes.
C'est une tête gris clair tachée de brun.
Le soir sonne à l'église St-Pierre — amalgame de saints tristes, d'anges et de vrais petits amours.
La tête chauve assourdit de boules « Quiès » ses oreilles. Tel Ulysse, elle ne veut pas entendre les éventuelles sirènes du carrefour des Galaxies. Elle se ferme aussi les yeux pour ne pas voir venir vers elle le probable gyrophare bleuté d'une ambulance « Comète ». La tête veut croire que cette nuit encore, il ne se passera rien.
Elle dit :
— Il ne se passera rien jusqu'à demain matin.
Pauvre tête...
Derrière la courbe du crâne, une ampoule électrique balance au bout d'un fil. Un incandescent ruban de cuivre éclaire ce soleil de verre fin. La tête décide d'éteindre la lumière. Alors, c'est la nuit.
La tête nue roule sur un traversin imprimé d'étoiles, puis dort.
Dehors, une bruine scintille et se colle aux carreaux.

Sur le palier, quelqu'un bricole des serrures puis entre.
22 h 30. Dans un bruissement, l'être s'approche avec sournoiserie. Le crâne de la demoiselle lui montre ses singularités. Certaines taches de vieillesse ont des silhouettes de plaques continentales : Amérique, Afrique, Asie... Entre ces continents bruns, une peau gris clair clapote au rythme du sommeil.
Près de la tache Europe, un grain de beauté flotte sur la peau. C'est l'Angleterre.
L'être prend entre ses mains le tabouret à clavecin. Et c'est un éclair fauve. Enrubanné d'exotisme jaune et noir, le geste armé d'un condottiere jaillit dans la chambre. Il retombe en orage plus loin que la tache méditerranéenne.
Sous le choc de la foudre, l'os frontal se brise de haut en bas.
Un magma rougeoyant s'envole.
La tête sourde est aussi aveuglée de sang. Dans le langage des volcans, elle chante et demande :
— *Yes? Who is it?*
La bouche de l'autre personne se penche dans la blessure et lâche son venin :
— *But, that's me.*

Stainer a 35 ans. Il est coiffé comme un champ de terre. Suspendu dans un hamac aux dessins africains, il s'est isolé de ses murs, de son plafond et du plancher.
Il flotte et balance dans l'humidité du salon

comme un oisillon dans l'albumen d'un œuf.
A travers l'enfilade d'un couloir, il voit, là-bas, le mur gris clair de la cuisine crevé d'une nouvelle fenêtre : un trou par lequel on pourrait faire passer le corps d'un bébé.
Ce matin, vers neuf heures, après avoir lu la lettre de son propriétaire, Stainer a vidé dix-sept chargeurs dans une cloque de la cuisine. Il a foré les trente centimètres de la paroi calcaire en parlant à son revolver.
— Mange. Mange, mon bel oiseau préhistorique ! Mange la falaise de cet immeuble et crache ici tes pauvres, tes tristes œufs de laiton...
1m 60 sous le trou, des particules de cailloux forment sur le carrelage un monticule de poussière. Stainer s'en fout.
— Rien à foutre, baby-foot !
Une bruine, venant du port, s'engouffre dans le trou, envahit la cuisine et le couloir.
— Rien à foutre. Je trouverai une solution.
L'appartement de Stainer sent le salpêtre. Une peau de lionne, plantée à un mur, moisit.
Dans son hamac, Stainer se balance et lit un magazine. Ça parle d'Ethiopie et de pays souffrant la canicule.
— Quelle chance ils ont !
Dans un reportage illustré, on voit sœur Emmanuelle distribuer du lait à des petits Soudanais.
— Elle fait chier, celle-là.
Il lit aussi qu'un chanteur, il y a quelques années, en voulant installer des pompes à eau dans le désert, s'est tué en hélicoptère.

— Bien fait pour sa gueule.

La bibliothèque de Stainer est emplie de livres tachés et gondolés. Des romans et des essais sur la sécheresse et la famine dans le monde. Un des livres dit qu'en Ethiopie, un habitant meurt de la chaleur à peu près toutes les heures.

Punaisées à un mur de la salle à manger, il y a des photos de petites filles de cinq ans qui ont l'air d'être enceintes. En fait, leurs ventres sont gonflés comme des outres à force de ne rien manger ni boire.

— Quelle délectation. L'enfer, ce doit être Venise.

Stainer lit en fumant une cigarette de cannabis. Tous les soirs, il est raide.

Lorsqu'il arrête un dealer, le commissaire garde toujours pour lui-même quelques barrettes de shit. Si la drogue est bonne, il conduit, par la main, le délinquant à la prison et l'appelle : « Mon ange de sécheresse ! » Si le cannabis est trop coupé, l'interrogatoire sera musclé.

— Salaud, fumier !

Stainer avale une bouffée puis lance des ronds jusqu'au plafond qui goutte. Il se rappelle la lettre du propriétaire, reçue ce matin :

> Etre commissaire ne vous donne pas tous les droits, monsieur Stainer. Il y a des lois. Vous semblez quelquefois l'oublier.

— Rien à foutre, baby-foot.

Stainer regarde la nuit et la bruine scintiller à ses carreaux. Il a cru, tout à l'heure, voir s'élever dans le ciel un nuage lilas.

— Ce doit être un effet du shit.
Entre ses dents serrées, il aspire encore une longue taffe en solitaire.
— Je n'ai pas d'amis.
Un téléphone sonne près du hamac.
— Allô ? commissaire ? Ici Bondieu. Il y a eu un crime, carrefour des Galaxies, sixième étage au-dessus de la charcuterie. Le médecin légiste est déjà sur place. Je vous attends ?
— Allez vous coucher, inspecteur. Je m'en occupe. Ah, Bondieu ! Prévoyez-moi pour demain une vingtaine de chargeurs. J'ai un os à finir de défoncer.
— ?

Le commissaire arrive sur le palier du sixième étage et regarde la porte.
— 27 verrous à pompe. Rien n'est forcé. L'assassin est un familier ou alors, il est très bricoleur...
Stainer entre dans la chambre et aperçoit le médecin légiste.
— Qui êtes-vous, là-bas ?
— Je ne suis pas là-bas. Je suis petit. Et vous, qui êtes-vous ?
— Je suis raide.
— ?
Amédée Ponte indique le corps de M.A. Lucy Channel :
— Elle a eu un accident.
— Ben oui, je vois. Elle est toute bleue. A moins que ce ne soit un Schtroumpf, ce n'est pas sa

couleur naturelle. Ah, ah !... Oh ! Et puis, dites donc, elle a le crâne percé d'un tunnel. Elle est défoncée comme moi. Raide défoncée, la naine... Autopsie ! La vie de cette femme est passée...

— Ben, curieusement, pas encore.

— Ah bon ? Madame ? Vous n'êtes pas morte ?

— Aaah...

— Qui a fait fleurir cette orchidée de chairs relevées sur votre crâne ?

— Le in-in...

— Quoi ? Hein ? Le... vilain ? Je ne vous demande pas un avis. Je vous demande son nom.

— Le in-in !

— Le vilain. Bon. C'est une conne.

— Non. Maintenant, c'est une morte.

— De quoi, docteur ?

— Overdose de tabouret. Regardez-la, avec son pauvre visage prognathe et déchiré. Vous ne trouvez pas qu'on dirait une Australopithèque ?

— Rien à foutre, baby-foot !

— ... Et puis, ce lustre en fausses pierreries, au-dessus de son lit. On dirait qu'elle est sous un ciel de diamants...

— Elle s'appelait comment ?

— Lucy. C'est une Anglaise...

— *Lucy in the sky with dia-amonds !*... Comme la chanson ?

— Quelle chanson ?

— *Lucy in the Sky with Diamonds*... L, S, D... Vous comprenez l'astuce ? Non ? Bon, c'est pas grave.

Mais, dites-moi, comment se fait-il que vous soyez déjà là, vous, le médecin légiste ?

— J'habite en face, au cinquième étage. J'ai été réveillé par le chant d'un volcan. Je me suis précipité à la fenêtre et j'ai vu, dans la rue, s'enfuir vers le port une tache jaune. Il m'a semblé aussi qu'il y avait des rayures. On aurait dit un prédateur fauve. Il portait sur son dos un gros sac sonnant un bruit de quincaillerie.

— Quel genre, la tache jaune ?

— Une tache jaune. Peut-être jaune et noir...

— Jaune ou jaune et noir ?

— Je ne sais plus. Jaune.

— Ce n'est pas précis. Tâchez d'être plus attentif au tunnel creusé dans la vieille et dites-moi s'il a des indices à révéler.

— Ne vous en faites pas. Le langage des chairs étalées, c'est ma spécialité. Enfant, je traduisais les chagrins d'amour d'un rognon de veau.

— Eh bien, ça promet.

La lueur tournoyante et bleutée d'un gyrophare vient lécher avec régularité les carreaux d'une fenêtre.

Stainer rallume le joint qu'il avait apporté sur le lieu du crime.

— C'est quoi ? dit Amédée.

— Du marocain. Ça enlève les soucis. La vieille n'en a plus besoin. Vous en voulez, vous ?

— Je veux bien...

Amédée tire une taffe et rajoute :

— ... J'ai des soucis.

— Quel genre, les soucis ?

— Des traînées de chagrin d'amour dans mon cœur et un grand trou. Et vous ?
— Des traînées d'humidité dans mon appartement et un grand trou. J'ai aussi des fissures et des cloques sur les murs... Vous vous y connaissez, vous, en cloques et fissures ?
— Uniquement dans ce qui est animal. Vous habiteriez un ventre, je pourrais vous aider. Mais un appartement...
— Peut-être que j'habite un ventre...
Deux brancardiers arrivent dans la chambre :
— Les ambulances « Comète », celles qui sont toujours prêtes ! Paraît que vous avez de la viande locale pour nous ?
— C'est de l'importation mais embarquez tout de même au C.H.R.
Les brancardiers repartent en courant avec la dépouille aux bras ballants. Les mains de M.A. traînent sur le sol. En descendant l'escalier, les doigts de l'artiste morte semblent pianoter sur chacune des marches. A chaque marche, le choc des phalanges fait : « Ich ! » ou bien un autre son.
Selon les étages, l'escalier est recouvert ou non d'un tapis. Dans les virages des paliers, les doigts de M.A. s'envolent et cognent contre les barreaux d'une rampe de fer.
Selon les étages, les tapis ou les rampes, le choc des phalanges est différent. La descente de tout l'escalier ressemble à l'introduction d'un opéra autrichien :

Ich, ich, ich !

Ich sollte fort!
Ich sollte fort!
Ich sollte fort!
Ei, ei! Ei, ei! Ei, ei...

Dans la chambre du professeur de chant, il y a maintenant un silence d'après concert. Stainer applaudit et dit :

— Tiens ! ils ont oublié la moumoute de la chauve.

Il se coiffe de la prothèse capillaire. Un nuage lilas recouvre un champ de terre.

Le commissaire demande :

— Vous voulez encore une taffe ?

— Je veux bien. C'est amusant, votre chose. Ça vaut cher ?

— Je le récupère gratis chez les distributeurs de la ville. Si vous en voulez, je vous en aurai.

— Je veux bien. C'est amusant et puis ça détend.

— Le problème, si on en prend trop, c'est pour bander.

— Oh, moi... Je vous ai dit. J'ai un souci amoureux.

— Depuis longtemps ?

— Trente ans.

— Eh bien, dites donc ! Vous avez le chagrin d'amour hémophile... Remarquez, pour moi non plus ce n'est pas un problème de ne pas bander. De toute façon, je déteste éjaculer.

— Pourquoi ?

— Humidité.

Assis sur le lit, de chaque côté de l'emplacement

laissé par la naine claquée, le commissaire et le médecin légiste parlent et se découvrent.
Amédée dit :
— Vous la commencez quand, votre enquête ?
— Demain. Il faut d'abord que je prévienne le juge d'instruction de Boulogne / s / Mer. Et vous, l'autopsie ?
— Demain. Je suis très content de vous avoir rencontré.
— Moi aussi.
— Vous ne voudriez pas venir manger un soir, à la maison ? Vous savez, je n'invite jamais personne, dit Amédée.
— C'est quand vous voulez. Vous savez, je ne suis jamais invité.
— Vous, commissaire, et moi, médecin légiste, c'est curieux qu'on ne se soit jamais vus.
— C'est parce qu'on ne tue presque plus à Calais, dit Stainer toujours coiffé de la perruque lilas de M.A. Lucy Channel.
— Avant de partir, je peux essayer de me rouler une de vos curieuses cigarettes ?
— Bien sûr. Vous placez vos doigts comme ça.
Vue de l'extérieur, la coupole de l'immeuble est une tête chauve avec deux gros yeux jaunes qui dominent la ville.
A l'intérieur des yeux, deux pupilles — deux silhouettes — s'approchent l'une de l'autre vers le centre du visage. Alors, la coupole a l'apparence comique d'une tête qui louche dans la nuit étoilée.

Le lendemain du crime...

— Huit heures ! sur « Radio-Côte-d'Opale »... Le programme musical de Thomas Louverture ! Mais d'abord, son bulletin d'information. A vous, Thomas !

— Salut, les fauves des villes ! Etranger : cette nuit à 22 h, heure française et 3 h 30, heure locale, en Inde, un bus empli de Tamouls a explosé à Pondichéry. On déplore cent morts et il s'agit d'un attentat. La terroriste serait une Française. Elle portait un collier d'iris bleus autour du cou. Les fleurs étaient pleines d'explosifs. La Française a actionné un dispositif sous son sari. Des témoins ont dit : « Soudain on a vu son collier d'iris se transformer en un collier de flammes bleues. Elle semblait avoir la tête au centre d'un brûleur de gazinière, puis tout a explosé. » Le corps de la Française étant totalement déchiqueté, il sera impossible de l'identifier. On connaît sa nationalité grâce à un curieux détail. D'autres témoins ont en effet affirmé que la criminelle, en grimpant dans le bus, aurait parlé en tamoul avec un très net accent français. Elle aurait hurlé, comme on récite une phrase, ces mots étonnants : « *Chalom... Veshshyom ke pas jaon !* » Ce qui veut dire : « Venez... On va se taper la pute ! »

— Maman !

— ... Les enquêteurs sont perplexes.

— Cent mouches d'un coup ?

Pâques soulève son corps et blêmit. Elle se lève, prend une petite boîte où il y a des mouches mortes puis les jette dans la gueule d'une fleur carnivore posée sur la fenêtre.

— Maman...

Pâques retourne s'asseoir à gauche du lit. De son œil droit et rose, elle en voit assez pour savoir qu'il n'y a personne auprès d'elle. Elle ouvre un livre de géographie et caresse la carte de l'Asie.

— Maman, bientôt, un garçon que tu n'auras jamais vu dormira à gauche de mon lit. J'aurai tout fait pour lui.

Puis elle ouvre un livre d'histoire où il y a des gravures coloriées représentant des guerres et des massacres.

Pâques, cette nuit, a très mal dormi. Elle a des courbatures. Sur un guéridon, un flacon de Donormyl est à moitié vide. C'est une bouche de poisson asphyxié tendue vers le plafond. Au fond de la gorge de plastique sont encore empilées quelques graines de sommeil effervescent.

Pâques fait voyager son visage par-dessus le

guéridon de chêne clair. Une larme coule de son œil rose et tombe dans le tube.

— Maman !

Un bouillonnement de grand malheur remonte la gorge du poisson médical. Une mousse de grosses bulles éclate bruyamment au bord de ses lèvres plastifiées.

La bave phtisique et hystérique roule à l'extérieur du cou cylindrique puis s'égoutte sur un atlas ouvert à la page de l'Angleterre.

La voix, à la radio, continue les informations :

— Quant à Calais, cette nuit, exactement à la même heure, à 22 h...

Pâques éteint le radio-réveil et dit :

— C'est donc si difficile d'être mère ?

La tête vide, elle se lève à nouveau et marche sur le rêve maternel d'un tapis tiède. Près de la fenêtre, elle s'arme d'un vaporisateur et arrose d'une bruine toutes ses fleurs : iris, orchidées et carnivores.

— Buvez, mes douces. C'est la Guyane !

Pâques part à son travail. En chemin, elle retire de sa plaquette une pilule contraceptive, l'avale et dit :

— Plus que 19 !

Place de Lorraine, un commissariat sévère s'étire dans la bruine. Les barreaux de ses fenêtres s'allongent comme des élastiques d'administration ou les filaments de salive noire d'une bouche laide qui s'ouvre.

Dans son bureau de commissaire, Stainer est attentif à la bouche de l'inspecteur Bondieu :

— Commissaire, je reviens de chez la victime. Les tiroirs de son buffet ont été pillés. Aucune empreinte mais des poussières d'or, argent et vermeil...

— Vous mangez trop de cachou, Bondieu. Lorsque votre bouche articule, des filaments de salive noire s'étirent et se rétractent comme des barreaux. C'est laid.

— La raison de ce crime est le vol. L'assassin avait des gants.

— Vous devriez remplacer la réglisse par le cannabis. Ça assèche les commissures. Lorsque j'ai demandé à la vieille le nom de son agresseur, j'ai entendu deux fois : « Le vilain ! » Cette conne a jugé bon de donner son avis sur l'assassin. C'était bien le moment. Quant au médecin légiste, il a vu une tache jaune s'enfuir vers le port avec un sac sur son dos. Le sac sonnait un bruit de quincaillerie...

— En disant : « Le vilain ! », la victime a peut-être prononcé le nom de l'assassin, remarque Bondieu. Si elle avait dit mon nom à moi, vous auriez pensé qu'il s'agissait d'une exclamation. « Bon Dieu ! » ou « Bondieu », quand on le prononce, on ne fait pas de différence. Il faut le voir écrit pour savoir s'il s'agit d'une divinité ou d'un inspecteur de province... Je regarde dans le bottin : Le-Lebègue, Leborgne, Lesourd. Ah ! Levillain, quai du Paradis, Calais, Monsieur et madame...

— Allons au Paradis, dit Stainer.
Il est déjà dans le couloir du commissariat. Bondieu court derrière lui.
— Commissaire ! Et les vingt chargeurs que vous m'avez réclamés hier soir ? A propos, c'est pour quoi faire déjà ?
— Pour finir de creuser un os. Mais laissez, inspecteur. Je verrai ça plus tard.

La voiture de police banalisée glisse le long d'un boulevard gris. Des tags bleutés crient sur les murs : *Mother !* Bondieu les regarde et dit à Stainer :
— Vous avez vu ce graffiti ? Depuis un an, la ville en est recouverte. Si jamais j'attrape un jour celui qui salope tout en écrivant : Motère !
— Prononcez : Mozeur ! Bondieu.
— Motère... Faut vraiment avoir rien d'autre à penser !
La voiture de police passe entre le stade de football et l'entrée du cimetière sud.
Dans le cimetière, un grand monsieur aux épaules en ailes de papillon se penche vers un trou de terre et lâche un bouquet d'iris rouges. Les fleurs sont des paupières fiévreuses qui tournoient et tombent lourdement sur un cercueil de chêne clair.
— Je t'aurai donc connue jusqu'à cet instant, Simone... Il ne m'aura manqué que le début de ta vie. Je n'en ai même pas une photographie. Je donnerais tout. Je serais prêt à des compromissions pour une icône de toi, enfant, Simone...

Léopold Papageno est seul devant la tombe de sa femme. Il a demandé à ses collègues du tribunal de Boulogne de ne pas l'accompagner dans son chagrin. La terre grasse colle aux souliers. Le juge se recoiffe d'un chapeau melon. Il quitte la tombe et retourne vers les aventures de la vie.

— La bruine colle la terre aux chaussures. Elle se densifie. C'est signe de pluie. Ah, les pays de sécheresse ! Ah, l'hémisphère Sud ! Si j'avais su, si j'avais écouté mon père...

Louis Levillain, dans sa salle à manger, soulève et renverse un nuage. C'est un sac empli d'or, argent et vermeil. La vaisselle mielleuse pleut puis ruisselle sur le chêne clair de la table.

— Bon Dieu de bon Dieu ! Mais il y en a au moins 30 kilos. Quel est le cours de l'or, ce matin ?

On sonne à la porte. Louis cache la vaisselle et le sac sous l'établi du garage. Il éteint le tuner et se dirige vers la porte d'entrée. En ramenant la poignée vers lui, son coude fait balancer au portemanteau un imperméable jaune...

— Commissaire Stainer et inspecteur Bondieu ! Bondieu, perquisitionnez. Vous, Le vilain, venez par ici. Que faisiez-vous hier soir vers 22 h 30 ?

— Je devais être là, dans le fauteuil, à lire... Je venais d'accompagner ma femme à l'hôpital.

— Elle est malade ?

— Infirmière.

— Vous avez des témoins pour confirmer votre lecture ?
— J'étais seul.
— Intéressant... Une dénommée Channel a été, cette nuit, percée d'un tunnel...
— Je sais. J'ai écouté les informations, à la radio.
— Vous la connaissiez ?
— Ma femme était son infirmière à domicile.
— Ah bon ? Intéressant. Et vous êtes sûr que votre femme était à son travail ?
— Tout le huitième étage de l'hôpital vous le dira.
— On vérifiera. Mais vous, connaissiez-vous M.A. Lucy Channel ?
— Je suis allé, il y a quelques mois, réparer chez elle un robinet qui fuyait.
— Vous êtes plombier ?
— Non. Je suis chômeur mais bricoleur. Automobile, plomberie, serrurerie, tout quoi...
— Intéressant. C'est à vous, l'imperméable jaune dans l'entrée ?
— Oui.
— Monsieur Levillain, un type qui court dans la rue, la nuit, avec un imperméable comme celui-ci, doit ressembler à une tache jaune, non ? Peut-être même à un prédateur fauve ?
— Oh oui, sûrement.
— Très intéressant. Etes-vous riche, monsieur Levillain ?
— Non. Seule ma femme travaille. Moi, je suis une cigale.

— Aimeriez-vous avoir plein d'argent sans vous donner beaucoup de mal ?
— Oh oui. Bien sûr. Comme toutes les cigales.
— Que feriez-vous de l'argent ?
— J'achèterais un taxi Mercedes, blanc, break et diesel.
— Avez-vous l'argent pour l'acheter ?
— Non.
— C'est quoi, la revue, là ?
— C'est *Info-taxi*, la revue corporative des...
— Et ça, c'est quoi ?
— Ce sont des prospectus Mercedes que j'ai pris, hier matin, chez le concessionnaire.
Bondieu rejoint Stainer dans la salle à manger. Il lui parle à l'oreille et crache quelques filaments noirs dans les tympans du commissaire. Stainer s'essuie, réfléchit puis reprend ses questions :
— Levillain, hier matin, lorsque vous êtes allé chez le concessionnaire, aviez-vous les moyens d'acheter une Mercedes ?
— Je vous ai déjà dit que non.
— Et ce matin, pensez-vous en avoir les moyens ?
— Ben non.
— Mais si, Levillain. Mais si ! Regardez ce que l'inspecteur a découvert sous l'établi de votre garage... Environ trente kilos d'or, argent et vermeil. Quel est le cours de l'or, ce matin ?
— Ben justement, je...
— Vous vous le demandiez ? Eh bien, je vais vous le dire. J'ai *Libé* sous le bras... 72 400 F le

kilo ! Multiplié par trente, ça fait une jolie somme mais c'est une somme embêtante, Levillain.

— Force 10 ! Les météos sont contre moi. Il y a grand vent sur mon innocence.

— Où avez-vous récupéré ce trésor ?

— Je l'ai trouvé ce matin devant ma porte.

— Bien sûr.

— Mais je vous l'ai dit, commissaire. Hier soir, je lisais !

— Vous lisiez quoi ? *Info-taxi* pour connaître votre nouveau métier ou les prospectus Mercedes pour choisir votre nouvelle voiture ?

— Je lisais *Système D*, la revue du bricolage et de l'amélioration de l'habitat, pour savoir comment isoler un appartement de l'humidité.

— C'est sec, chez vous.

— C'est parce que j'ai isolé. Si vous aviez vu, avant ! Avec la proximité du port...

— Si c'est isolé, pourquoi lire l'article ?

— Curiosité. Les Allemands ont découvert un nouveau truc très efficace avec une masse de magnésium. En revanche, pour l'installer, il faut être bricoleur...

Stainer retire sa veste, s'assoit et dit :

— Bondieu, allez m'attendre dans la voiture...

— Ah bon ? J'emporte le sac ?

— Non, non. Laissez ça.

— Ah bon ?

Bondieu sort. Stainer dit :

— C'est quoi, cette histoire de magnésium ?

— Ça vous intéresse ?

— J'habite au quatrième étage et j'ai d'énormes problèmes d'humidité. Des cloques partout, les murs se fissurent, les papiers se décollent. J'ai du salpêtre...
— Il faut isoler.
— Comment ?
— D'abord, vérifier la toiture puis l'étanchéité au sol. Il faudra peut-être injecter du goudron. Vous devez avoir des remontées par capillarité. L'eau de pluie remonte du sol. Elle est aspirée par vos murs. En dix ans, ça atteint le quatrième étage. En cent ans, le dixième. En quinze millions d'années, le haut d'un gratte-ciel.
— Comment font-ils à Venise ?
— Ils utilisent une technique très ancienne. Lorsqu'ils dressent un mur, un mètre au-dessus du niveau de la lagune, ils installent une couche d'ardoises pour stopper la capillarité...
— Ah, d'accord !... Bon, revenons à l'enquête. Ça va mal pour vous, Levillain. Premièrement, hier, vous n'aviez pas de témoins pour confirmer votre lecture.
— Moi, je serais vous, je commencerais par péter tous les enduits pour arriver jusqu'à la pierre...
— Deuxièmement, le médecin légiste a vu, après le crime, une tache jaune s'enfuir vers le port avec un sac sur le dos. Or, vous avez un imperméable jaune et vous habitez quai du Paradis...
— Ensuite, je referais un mortier hydrofuge...

— Quant au sac-trésor, on le retrouve chez vous.

— Puis je disposerais, tous les cinquante centimètres, des tubes en terre cuite poreuse pour absorber l'humidité restante...

— Et surtout, la victime a prononcé deux fois votre nom avant de mourir.

— Je construirais des fausses cloisons sur des semelles de plastique étanche. Et surtout, j'installerais la masse de magnésium...

— C'est quoi, cette histoire de magnésium ?

— Tous les cinquante centimètres, en alternance avec les tubes de terre cuite, on enfonce des ressorts de cuivre dans les murs. Puis on relie les ressorts à une masse de magnésium. L'eau suit le parcours du cuivre jusqu'à la masse et l'appartement s'assèche.

— Venez, dit Stainer.

— Où ça ? Au commissariat, pour l'interrogatoire ?

— Non. Chez moi, pour les travaux.

— Il va être dix heures. Il faudrait que je fasse prévenir ma femme que je n'irai pas la chercher. Puis-je téléphoner ?

— Faites ! Faites seulement, mon « ange de sécheresse », mon dealer préféré...

— Et le sac de vaisselle, qu'est-ce qu'on en fait ?

— La vieille n'en a plus besoin. Gardez-le.

— Ah bon ?

— Vous achèterez un taxi avec.

— Ah bon ?

— Et puis, ça paiera mes travaux...

— Ah bon ?
— Finalement, vous irez seul chez moi, dit Stainer. Voici mes clés. Avenue Blériot, quatrième étage. Il faut que je parle à Bondieu. Ce petit con n'a plus à se mêler du crime d'hier.
— A propos, commissaire, vous savez, ce n'est pas moi l'assassin.
— Rien à foutre, baby-foot !
— Ah bon ?

Stainer sort de chez Levillain et pénètre dans la voiture banalisée.
— Mon petit Bondieu, cette affaire s'annonce très bien. Depuis que Channel a été percée d'un tunnel, j'ai déjà deux nouveaux amis : le médecin légiste et l'assassin ! L'espoir luit. Allez, roulez, Bondieu. Fêtons ça. Je vous offre un verre, place d'Armes, au bar du « Cyclope ». Et puis, j'ai à vous parler.
— Mais, le sac d'or ?
— Roulez, je vous dis.
— Mais, l'assassin ?
— Allez-vous démarrer, oui ? Je suis votre supérieur, tout de même. Et puis, actionnez les essuie-glaces. Le pare-brise est trempé de bruine. Ça annonce la pluie. Et quant à la pluie... Bientôt plus rien à foutre, baby-foot !
— ?

Onze heures. L'intérieur du « Cyclope » est déjà plein de chaleurs et de moiteurs. Une buée suinte sur les cloisons de chêne clair et le long des verres. Ce sont aussi des odeurs d'urine et de bière. Des fumées de cigarettes s'envolent des bouches. Tout est tropical, bois sculpté et velours. Des flaques de lumière orange se reflètent dans les miroirs. Les clients rient et parlent fort.

L'intérieur du « Cyclope », c'est la Guyane et les clients sont des singes hurleurs parlant ch'timi :

— *Les geins d'ch paï̈ vont à l'pech !* (Les gens d'ici vont à la pêche !)

Lorsqu'ils veulent une bière, ils gueulent :

— « Courage » !

Face au bar, une cariatide représente un musicien noir vêtu de rayures. Sortant des murs, des bras de cuivre cueillent des luminaires à franges.

En chemisier blanc, brodé « Le Cyclope » et caleçon à rayures jaunes et noires, une serveuse s'approche d'une table. Elle a une longue chevelure blonde aux reflets dorés et un œil tout à fait surprenant.

Stainer laboure, des ongles de sa main droite, le champ de terre qui coiffe sa tête. Il dit :

— Je ne vous ai pas déjà vue, vous ? Cet œil rose...

— Vous désirez boire quelque chose ? répond la serveuse.

— Un Pernod sans eau ni glace.

— Sec, alors ?

— C'est ça, sec. Et vous, Bondieu, que prenez-vous ?

— Un Perrier.
— Bondieu...
— Bon, heu... Alors, un Pernod.
— Sans eau ni glace, son Pernod ! Merci mademoiselle.
La serveuse s'en va. Elle est splendide.
— Je l'ai déjà vue... Bondieu, le crime qui nous occupe est inextricable.
— Comment ça ? Dix heures après l'assassinat, nous pénétrons chez un type que la victime a accusé deux fois avant de mourir. En dix minutes de perquisition, je découvre chez lui le mobile du crime : un sac empli d'or, argent et vermeil. Le médecin légiste affirme avoir vu s'enfuir vers le port une tache jaune portant un sac sur son dos. Or, il se trouve que Levillain a un imperméable jaunc et qu'il habite quai du Paradis... Que vous faut-il de plus ?
— Je vous dis que ce crime est mystérieux.
— Mais enfin, commissaire !...
— Bondieu, à quoi servons-nous, nous, la police, sinon à apporter un peu de tranquillité et de bonheur dans cette ville ? Ne sommes-nous pas les messagers de l'amour ?
— ?
Pâques arrive avec les deux Pernod secs. Elle expulse le nectar des plateaux et repart. Elle est une petite vague désespérée qui s'éloigne puis rejoint la plage du bar depuis le matin jusqu'au soir.
— Il y a eu crime, Bondieu ? Et alors ? On ne peut pas revenir en arrière et rattraper le bras

de l'assassin. Vous êtes d'accord ? Alors, laissez-moi faire. Laissez-moi faire à ma manière... A la vôtre !

— A la vôtre, commissaire. Tout de même, c'est surprenant.

— Secret-défense !... Bondieu, dites-moi ce qui vous ferait plaisir. Il y a quelque chose que vous voudriez vous acheter ?

— J'aimerais bien un magnétoscope.

— Je vous l'offre ! Prenez celui de la vieille.

— Mais ? C'est du vol et de la corruption, ce que vous me proposez là, commissaire !

— Ah, tout de suite les grandes phrases ! Essayez plutôt d'être un peu heureux, inspecteur. Vous n'êtes pas assez doué pour le bonheur... Ce crime, je ne sais pas pourquoi, je le vois comme une chance. Il apportera du plaisir à beaucoup de personnes. Je le devine... Alors, prenez le magnétoscope de la vieille et même sa télé si ça vous fait plaisir ! Mais laissez-moi m'occuper seul de cette affaire. Je la sens bien. Et maintenant, ne pensez plus à rien. Filez faire vos courses chez l'assassinée et à tout à l'heure, au commissariat. Je rentrerai tranquillement à pied. L'addition, c'est pour moi.

Bondieu s'en va. Pâques, petite ouvrière en caleçon rayé jaune et noir, continue à faire la marée entre le bar et la salle. Les clients la pêchent au passage et lancent leurs commandes comme on lance des filets.

— Hé, cuisse de mouche !

— Sûrement pas « mouche » ! siffle la serveuse.

Thomas Louverture, Guyanais de naissance et de peau, a terminé son émission musicale. Il entre au « Cyclope ».
— Tiens ? commissaire... Alors l'affaire Channel, ça avance ?
— Inextricable et mystérieux... Et vous ? Le bus des Tamouls, des informations ?
— Inextricables et mystérieuses... Mademoiselle ! Un Perrier-rondelle. Quelle moiteur, ici. C'est la Guyane !
— Moi, l'humidité me dérange de moins en moins, dit Stainer. Puis-je toucher votre peau noire ? C'est donc comme ça, une peau de soleil ? J'aurais aimé en avoir une pareille.
Stainer se lève. Il attend le retour de Pâques, au bar.
— Mademoiselle, vous êtes sûre qu'on ne s'est jamais rencontrés ? J'ai le sentiment d'avoir failli vous attraper à la hanche. Je vous dois combien pour les deux Pernod secs et la rondelle du Perrier ?
— Seulement la rondelle ? Pas le Perrier ?
— De ma vie, je n'ai encore jamais payé pour de l'eau. Il faut me laisser le temps de m'habituer.
Stainer s'en va.
L'animateur noir regarde la serveuse.
— Mademoiselle ? Et mon Perrier-rondelle ? Vous êtes belle. La plus belle fille du Nord-Pas-de-Calais. Quel est votre prénom ?
— Pâques.

— Moi, c'est Thomas.
— C'est vous, la voix du matin à la radio ?
— Oui.
Pâques revient avec l'eau gazeuse. Elle se penche par-dessus la table et lâche dans la bouche de l'animateur :
— Thomas, tu ne voudrais pas venir, ce soir, dormir à gauche de mon lit ? Oh, ne dis pas non, petit frère !

Nuit suivante.
3e pilule contraceptive...

Dans un fleuve éthiopien de draps sombres, un silex s'inscrit à l'intérieur d'une craie. Sous une vague de lin, deux orphelins nus se rejoignent. Pâques se mêle à Thomas. Elle se fond à lui, comme neige au feu. Pour l'instant, tout est simple et vice...
Le soleil disparu a frotté le ciel de poudre d'or, argent et vermeil.
Le couchant a fait rose la ville, les toits, les murs et les sexes...
Quai du Paradis, au-dessus du garage, ça parle d'amour. Ça discute ce vieux sujet. Ça redit des choses dites déjà bien souvent.
La mélancolie du crépuscule retient les paroles comme câble au port retient les navires. Un attendrissement flotte. C'est une bruine, un goût de sel supplémentaire aux coins des lèvres.
Au loin, sur la mer, les crêtes dentelées des vagues dessinent un profil de neige devant l'éventail maintenant noir d'un couchant piqué d'étoiles.

Dans le studio, sous des houles de draps, Pâques et Thomas sont deux automates. Ils obéissent à la même manivelle.
Mais au fond de l'horizon s'élève une masse grise, énorme et confuse. C'est l'Angleterre. Ce fantôme sorti de la mer est la remontée d'un monde.
— Puis-je encore toucher ta peau noire ? C'est donc comme ça, une peau de soleil ? J'aurais aimé en avoir une pareille.
— Quelqu'un m'a déjà dit ça...
— Moi, j'ai à la hanche la trace d'une blessure qui cicatrise en boursouflure comme la peau des nègres... Et puis, as-tu vu mes lèvres ?...
Un jet de sperme envahit la gorge de Pâques. C'est une neige brûlante. Et les deux amants s'endorment. Mais Pâques se réveille plus tard dans l'affolement des grands malheurs. Elle se met à pleurer. Elle gémit de douleur, la figure cachée sous ses mains.
— Maman !
Et là-bas, au fond de l'horizon, l'Angleterre retourne dans la nuit. Elle rentre lentement dans la mer, efface sa grande ombre. Alors, Pâques, pour s'endormir, récite des noms de batailles.
— Azincourt, Marignan, Austerlitz, Bzz...
La France, elle, raconte aux vagues l'histoire de deux amants qu'abrite son rivage.
Un vent indiscret a tout écouté aux carreaux. Il part cafter sur la plage.
— Il y en a deux autres qui s'aiment ! Il y en a deux autres qui s'aiment !

A Boulogne/s/Mer, Léopold Papageno a des insomnies.
— O ma femme, séduisant climat, j'ai adoré ta chaleur. Adorerai-je aussi ton corps de glace et tes frimas ? Brisons là, Simone ! Là où tu es, tu dois avoir froid... Les morts, les pauvres morts ont de grandes douleurs. Pour une image de toi, petite fille, je ferais la faute professionnelle !
Le juge lit Baudelaire en attendant le sommeil.

> Les morts doivent trouver les vivants bien ingrats,
> A dormir, comme ils font, chaudement dans leurs draps,
> Tandis que, dévorés de noires songeries,
> Sans compagnon de lit, sans bonnes causeries,
> Vieux squelettes gelés travaillés par le ver,
> Ils sentent s'égoutter les neiges de l'hiver...

Au C.H.R. de Calais, il y a quantité d'autres corps. Certains dorment. D'autres, c'est pire.
A une heure du matin, Louis Levillain est venu chercher sa femme. Il lui a dit :
— J'ai trouvé du travail. Je répare un appartement. Ensuite, j'achèterai un taxi.
— Mais alors, c'est un travail bien payé !
— Un trésor. 30 kilos d'or, argent et vermeil.
— ?
Denise Levillain monte à l'arrière de la « 203 » et dit :

— A la maison, chauffeur! Je suis fatiguée. Cette bruine m'use. J'aime mieux la pluie. Tiens, le savais-tu? M.A. Lucy Channel a été assassinée la nuit dernière.
— Ce n'est pas moi qui l'ai tuée.
— ?

Au C.H.R. de Calais, il y a quantité d'autres corps. Certains sont vêtus d'un drap jusqu'aux épaules. D'autres, c'est pire. Même leur visage est recouvert. Au sous-sol, une main soulève un voile de lin au-dessus d'une figure et c'est la remontée d'un monde... M.A. Lucy Channel est une Australopithèque sans chagrin. Une orchidée aux chairs relevées surmonte son crâne. Cette fleur de violence a éclos.
Dans l'univers de carrelage éclairé par un néon blafard, Amédée Ponte travaille la nuit.
Les malades de l'hôpital dorment. Les infirmiers et les aides-soignantes somnolent. Seul, Amédée est attentif au sous-sol.
— J'ai des bontés pour les chairs étalées.
Artiste pensif et méticuleux, en tablier blanc et manches relevées, il tranche et ausculte le tunnel de la tête.
— Les morts, les pauvres morts ont de grandes douleurs.
La fleur au pistil de cervelle labourée ressemble aussi à un sexe de femme. Autour des pétales, une croûte de sang séché a l'allure triangulaire d'une toison pubienne.

A l'emplacement du clitoris, Amédée aperçoit une neige particulière.
De la lame d'un scalpel, il en soulève une partie et la place sous un microscope. A travers les lentilles qui permettent d'agrandir mille fois, le petit amas brûlant est une chaîne de montagnes : Hoggar, monts du Kenya, Kilimandjaro...
— Mon Dieu ! Mais qu'est-ce que c'est que ça ? Trente ans d'autopsie, jamais vu ça !

Jeudi 14 mars.
4e pilule contraceptive...

Stainer pénètre dans le commissariat. A travers une cloison de verre dépoli, il aperçoit la silhouette floue d'un large nuage chargé de pluie. Le nuage est assis face au bureau de Stainer. Il est coiffé d'un ovale. Le tout, en contre-jour, est indistinct.

— Les gens qui voient mal doivent voir ainsi. Par exemple, quelqu'un qui aurait un œil incomplet...

Stainer ouvre la porte vitrée et tout devient précis.

— Monsieur Papageno ! Bonjour monsieur le juge. Vous êtes déjà là ? Pardonnez-moi d'être en retard mais je fais faire des travaux chez moi et...

Léopold se lève. Papillon-cumulus, il déploie ses grandes ailes osseuses, se décoiffe d'un chapeau melon puis dit :

— Ne vous excusez pas. J'étais en avance. J'ai voulu passer très tôt au cimetière, arroser les fleurs d'une tombe et...

— Oui, je vois. Vous avez encore un pétale d'iris, là, sur votre manche... Comme une goutte de sang...

— ... Ou le crachat d'une pneumonie foudroyante.

— Pardon ?

— Je suis veuf depuis deux jours, commissaire. C'est d'ailleurs pour cette raison que j'interviens si tard dans l'affaire Levillain.

— Levillain ?

— Oui. C'est bien le nom de l'assassin ? Votre inspecteur m'a raconté, avant que vous n'arriviez... Une vieille fille anglaise, Mlle Channel, traversée d'un tunnel... Je sais aussi le nom qu'elle a prononcé deux fois avant de s'éteindre et le trésor retrouvé. L'inspecteur Bondieu m'a dit.

Stainer retire sa veste, pivote vers une fenêtre aux barreaux noirs et pense :

— Bondieu, c'est le grain de sable ! Je ne suis pas étonné qu'il cafte. Il n'a aucun don pour le bonheur. Il veut que tout finisse mal. Lorsqu'il mange de la réglisse, sa salive s'étire comme des barreaux. En revanche, pour piquer la télé et le magnétoscope de la vieille, là, il ne s'est pas gêné...

Stainer est de dos. Léopold Papageno le regarde sans le voir. Il pense à sa femme. Le juge s'embue de larmes. Alors il distingue, flou, le dos du commissaire.

— Les gens qui voient mal doivent voir ainsi. Par exemple...

D'une main, il a un mouvement d'essuie-glace sur son visage. Maintenant, il perçoit mieux la coiffure de Stainer.

— Commissaire, la dernière fois que j'ai vu quelque chose de semblable à votre chevelure, c'était hier. Un monticule de terre à côté d'un trou pour ma femme.

Stainer n'écoute pas. Il réfléchit et cherche une solution. Il croit en avoir trouvé une. Il se décide et se retourne :

— Monsieur le juge, dites-moi ce qui vous ferait plaisir. Il y a quelque chose que vous voudriez vous acheter ? Par exemple, une gazinière ? Un clavecin ? Une radio ? Un flacon de « Miror » ? Un lustre en fausses pierreries ? Un lit de bois ou un buffet vide, sans empreintes mais avec poussières d'or dans les tiroirs ?

— J'aimerais une photo de ma femme, enfant...

— Une photo de votre femme, enfant ?

— ... Pour cette photographie, je serais prêt aux compromissions. Simone habitait au sud de Pauillac, à St-Laurent-et-Benon. Enfant, elle n'a été photographiée qu'une fois, mais...

Stainer pivote à nouveau vers les barreaux.

— Merde, shit ! On ne trouvera jamais ça, chez la vieille...

Le juge d'instruction se lève.

— Enfin... Brisons là. Avant d'aller au tribunal de Boulogne, je retourne au cimetière arroser encore. A propos, que dit le médecin légiste ?

— Je dîne chez lui, ce soir. Il m'a téléphoné. Il aurait trouvé un truc bizarre dans la plaie. Il l'a

envoyé à Paris, à l'Hôtel-Dieu, pour les analyses. On n'aura les résultats que lundi, à cause du week-end qui vient... Monsieur le juge, vous habitez Boulogne. Pourquoi avoir enterré votre femme à Calais ?
— Allez savoir pourquoi on fait les choses et se déplace... On doit réagir à des pulsions enfouies. Enfin, brisons là. Reconstitution sur le lieu du crime, lundi 17 heures. Convoquez les personnes concernées. Levillain a-t-il un voisin, une voisine qui pourrait nous parler de lui ?
— Je ne sais pas. Peut-être...
— Renseignez-vous. Si oui, convoquez. Brisons là. A lundi.
Le cumulus pluvieux papillonne de ses grandes ailes mélancoliques et quitte le commissariat. Stainer s'assoit à son bureau. Il a une migraine terrible. Il décroche le téléphone et gueule :
— Cafteur de Bondieu ?
— *Yes ? Who is it ?*
— Mais c'est moi, Bondieu ! Une aspirine et vite. Je suis votre supérieur tout de même ! Autre chose, Bondieu ! Si vous voulez garder la télé et le magnétoscope, il vous faudra apprendre à la boucler.
— *Yes ? Who is it ?*
— Mais c'est moi ! Quelque chose ne va pas, inspecteur ? Pourquoi répétez-vous sans arrêt cette connerie ?
— C'est le dialogue d'un dessin animé qui était dans le magnétoscope.
— Rien à foutre, bab... Apportez l'aspirine.

Stainer raccroche et se prend la tête à deux mains.
— Une photo de la femme du juge, enfant...
Il réfléchit et cherche des solutions. Il croit en avoir déjà trouvé une.

Avenue Blériot, le commissaire grimpe les quatre étages qui mènent à son appartement. Il entend des bruits et des martèlements.
Dans l'horreur présumée des paysages lunaires, Louis Levillain fait sauter à coups de masse tous les enduits de la cuisine. Un trou, qui traverse le mur, l'étonne.
— C'est quoi, ce trou?
— Humidité.
— Eh bien, il était temps que j'arrive.
— Louis!
— Vous m'appelez Louis, maintenant?
— Louis, mon inspecteur a cafté. Le juge d'instruction pense que vous êtes l'assassin.
— Vous le pensez bien, vous.
— Lundi, 17 heures, il y a reconstitution chez Channel. Lorsque le juge insistera sur le fait que la victime a prononcé deux fois votre nom, écoutez bien ce qu'il vous faudra lui répondre...
Et Stainer explique à Levillain...

Dehors, les cerfs-volants de la plage s'électrisent au bout de leur fil de nylon et la météo est au bord de la rupture. Sous le ciel gris, la ville est dynamitée de lumière comme un tableau d'Utrillo.

Face à la mairie, les bourgeois de Rodin sont dignes. En chemise et enchaînés, ils portent une clé. Ils luisent. S'il y a un peu de compréhension dans l'air, ils sauveront la cité.
Un nuage veuf qui ressemble à un « souci » — papillon du sud de l'Angleterre — longe la mairie de brique rouge et se dirige à pied vers le cimetière.

Avenue Blériot, Stainer en a terminé avec ses explications. Il dit :
— Donc, on est d'accord ? Vous m'avez compris, Louis ? La présence de votre femme est indispensable. Avez-vous un voisin, une voisine qui vous aime bien ? Si oui, je convoque. Au juge, il faudra expliquer ce que je viens de vous dire. C'est la seule façon de vous en sortir.
— Pourquoi m'aidez-vous, commissaire ?
— Vous faites de moi un locataire sec. Je ferai de vous un innocent.
— Commissaire, je ne suis pas l'assassin. C'est un malentendu.
— Je descends ce sac de gravats. Ça vous fera toujours ça de moins à transporter.
— Merci. Merci pour tout, commissaire.
— A demain, Louis. Ce soir, laissez les clés sous le paillasson. Je rentrerai tard. Je dîne chez le médecin légiste.
Dehors, le ciel explose. Le paradis des orages s'effondre sur la ville. Au cimetière, quelqu'un pleut quelques larmes inutiles sur une tombe.

La ville scintille sous la pluie battante. C'est de l'eau claire et pure.
Stainer dépose le sac contre un mur puis il retourne, à pied, au commissariat.
Il marche sous l'orage et rit. Les bras écartés, tête renversée sous les gouttières, il boit l'eau du ciel.
— C'est bon ! Nom de Dieu, que c'est bon !

19 heures. Coiffé d'un petit chapeau melon et chaussé de bottines, Amédée traverse sous le déluge le carrefour des Galaxies. L'agneau de ses bottines ne bêle plus la comptine des dépecés.
Le médecin a graissé le cuir. L'agneau, retenu aux chevilles, apprend la brasse et fait bien comme il faut ses mouvements de sangles.
Amédée entre dans la charcuterie. La commerçante, adipeuse, lui dit :
— Bonjour, docteur. Cervelle importée d'Australie, comme d'habitude ?
— Non, fini les pensées d'agneau. Ça fait du chagrin à mes souliers ! Je n'en mangerai plus jamais. A partir d'aujourd'hui, tout ceci me dégoûte.
— Mais ? Vous êtes médecin légiste.
— Donnez-moi plutôt des artichauts, un assortiment de salades et des fromages.
— Pour une personne, comme d'habitude ?
— Pour deux.
— Pour deux ?

— J'ai bien le droit, à mon âge, de découvrir l'amitié. Non ?
— Un peu de coulis de tomate pour aller avec les salades ?
— Ah non. Pas de coulis de tomate ! Plus rien qui ressemble à la souffrance. Même de cinéma ! Avez-vous vu ? Le cuir de mes bottines ne crisse plus. Il est content. Tant mieux.
— Vous devenez végétarien, docteur...
— C'est bien possible.
— Les végétariens ne font pas l'affaire des charcutiers...
— Tant pis. Rien à foutre, baby-foot ! Je veux maintenant des amis vivants et de la douceur de paumes tendues. Au revoir.
Une clochette à mouton tinte à la porte de la charcuterie. Amédée grogne :
— Les clochettes empêchent les moutons d'être libres et heureux.
En sortant, il voit à la devanture un pain posé à l'envers. Amédée retourne le pain et dit :
— Mettez le pain à l'endroit. Le pain retourné, ça fait souffrir les morts. Je le sais. Je suis médecin légiste.
Et il s'en va. Le charcutier dit à sa femme :
— Qu'est-ce qu'il a ? Il ne veut plus manger que de la salade. Il veut des amis et de la douceur de paumes tendues. Il retourne le pain. Il devient pédé ou quoi ?
— Je ne sais pas.

— Un médecin légiste végétarien ! Ça promet pour les autopsies. A Calais, il va faire bon être criminel...

A peine Amédée est-il arrivé chez lui que Stainer sonne à sa porte avec, à la main, un tout petit bouquet.

— Bonjour commissaire. Entrez. Je suis bien content de vous voir arriver. Les charcutiers, en bas, m'ont énervé.

— Vous voulez que je les arrête ?

— Non. Mais ils m'ont énervé.

Stainer tend le tout petit bouquet, entouré de papier d'alu et noué d'un ruban.

— Oh ! Mais il ne fallait pas. Oh ! Mais qu'est-ce que c'est ? Oh ! Un bouquet de barres de chocolat rangées en étoile !

— Non. Un bouquet de sept barrettes de cannabis. J'avais promis.

— C'est encore mieux. Roulez-nous une première cigarette pendant que je prépare les salades. Ça me calmera.

— Déjà le shit ? Mais vous êtes accro, Amédée.

— On s'appelle par nos prénoms ? Tant mieux. Quel est le vôtre ?

— Je n'ai plus ni famille ni amis depuis si longtemps que je l'ai oublié. Il s'est même effacé de mes papiers d'identité. On m'appelle Stainer.

— Moi, je vous appellerai « Canna » pour cannabis. Canna, je file à la cuisine. Installez-vous.

Canna entre dans le salon. Pour s'asseoir, il retire de l'unique fauteuil un chapeau melon.

— Tiens, un chapeau comme celui du juge d'instruction !

— Ah bon ? répond la voix de la cuisine.

Sur chacun des murs du salon, il y a la même photo encadrée d'une petite fille, à l'intérieur d'un cerceau.

Amédée revient avec les salades, les fromages, un dessert et du vin.

— Excusez la simplicité de ce repas. Mais je ne sais pas comment on fait. Je n'ai jamais invité personne.

— Je ne saurais vous conseiller. On ne m'a jamais invité. Moi aussi, j'ai des photos de petites filles sur les falaises de mon appartement... Elles ont cinq ans et l'air d'être enceintes... C'est parce qu'elles n'ont rien à manger ni à boire. Elles sont noires.

— C'est joli, les enfants noirs. Moi, la petite fille que vous voyez, je l'ai en reproduction sur tous les murs. Elle s'appelle Simone. C'est mon amour d'enfant à St-Laurent-et-Benon.

— Simone ? St-Laurent-et-Benon ?

— Depuis, j'ignore ce qu'elle est devenue. Adolescente, elle a déménagé pour Pauillac. Puis elle a fugué vers le Nord avec un grand costaud aux omoplates en ailes de papillon. Il voulait devenir juge.

— Juge ? Tirez une taffe, Amédée. J'ai une révélation à vous faire.

Le médecin légiste avale une longue bouffée. Il est déjà un peu sonné. Il dit :

— Ce qui est curieux, c'est qu'il y a encore deux jours, elle avait le cerceau posé près d'elle. Maintenant, elle est dedans. Je ne comprends pas. Mais je ne comprends rien à la vie...

Et il avale encore une pleine goulée de cannabis qu'il laisse longtemps errer dans ses poumons.

— Amédée, je crois savoir que la petite fille a vieilli, puis qu'elle est partie pour un très long voyage...

— Elle en reviendra.

— Non. Je crois qu'elle n'en reviendra pas.

Amédée est dans les vapes et peu attentif. Il dit : « A table ! »

Les deux nouveaux amis dînent et parlent. Ils boivent du pauillac. Le vin grise le commissaire, peu habitué.

Dehors, c'est une pluie immense. Une plage de sable liquide qui s'écoule de la main d'une enfant céleste.

Tout en mangeant, Stainer réfléchit et cherche une solution. Il croit en avoir trouvé une :

— Amédée, offrez-moi une des reproductions photographiques de la petite fille.

— Ça vous intéresse ? C'est un peu déchirant. Mais comme vous êtes mon ami, prenez celle de la cuisine. Son cadre est taché d'une éclaboussure de vin.

— Vous êtes gentil, Amédée. Encore une taffe ?

— Je t'en prie, Canna. Dis donc, je me sens raide. Et toi ?

— Je suis cassé.

D'une des fenêtres, le médecin légiste et le commissaire auraient pu penser à regarder de l'autre côté du carrefour des Galaxies.
Ils auraient vu à travers les rafales, dominant la ville comme un phare en panne, la coupole aux yeux disjonctés de M.A. Lucy Channel.
Ils auraient pu regarder mais ils n'y ont pas pensé.

21 h 45. Levillain glisse une clé sous le paillasson de Stainer.
Avenue Blériot, il sort sous la pluie battante et maintenant la neige. Bientôt, dans deux jours peut-être, tomberont des grêlons — graviers de glace.
Levillain remonte le col de son imperméable jaune et marche vers sa « 203 ». Il part chercher sa femme pour l'accompagner à l'hôpital. Dans un sac, sur son dos, il rapporte les outils dont il n'a plus besoin. Les outils sonnent un bruit de quincaillerie. Levillain file dans le mauvais temps et la nuit. Il ressemble à une tache jaune chargée d'un sac. Qui a dit : un prédateur fauve ?

Passage de vendredi 15 à samedi 16 mars. 6e pilule contraceptive...

Fin d'après-midi. Il neige sur Boulogne et les toits d'ardoise. Il neige sans raison particulière. En haut d'une colonne, Napoléon tourne le dos à l'Angleterre. Une bourrasque lui ferme les paupières.

Pendant la Seconde Guerre mondiale, à chaque retour de mission, les pilotes de la Royal-Air-Force mitraillaient le buste de Napoléon pour emmerder les Français.

A la Libération, on a dû réparer la statue de bronze. La poitrine de l'empereur était en charpie. Ses poumons crevés servaient de nids aux rouges-gorges et de piste d'envol aux fous de Bassan.

Le juge, derrière les rideaux de son appartement, regarde la statue.

— Brisons là ! Simone n'a pas eu la chance de Bonaparte. Aucun chirurgien n'a su lui colmater les bronches.

Léopold ferme les persiennes comme on tire sur des paupières de fer. Dans la pénombre du

salon, il étale la robe de mariée de Simone sur un fauteuil gris clair. Il installe la robe comme Simone s'asseyait.
C'est un vêtement de velours brun avec un col en V dont la pointe atteint le milieu de la poitrine. Un liséré de fil d'or suit le parcours du décolleté et l'extrémité des manches.
Une dentelle calaisienne mousse à l'intérieur du buste. C'est une petite écume ou le crachat d'une pneumonie.
La robe est d'inspiration anglaise, fin XIXe siècle. Accroché aux épaules, il y a un voile lilas.
C'est cette robe que Simone a désirée pour se marier. Une robe d'Ophélie achetée au théâtre de St-Omer.
La gorge est renversée sur le dossier du fauteuil.
La poitrine ouverte laisse apparaître, sous la dentelle, le laçage du dos. Les manches ont des grâces et sont posées sur les accoudoirs. Le bas de la robe frôle un tapis d'Orient.
Est-ce l'odeur de Simone encore mêlée aux fils d'or ou bien la précaire disposition du tissu ?
Mais Léopold a la vision de sa femme assise face à lui.
— Je dérive.
En travers de la taille, une ceinture — amarre soyeuse — se dénoue, glisse et serpente vers le sol. Le cordage, couleur de chanvre, entraîne dans sa chute le velours puis le voile. Les manches abandonnent les accoudoirs. Le col bascule par-dessus les genoux. La robe est rendue au sol.

C'est ensuite au tour du voile lilas de voyager comme un nuage par-dessus le fauteuil puis de s'abattre dans un souffle sur le velours brun et le tapis.

— Chut !

Le fauteuil gris clair est maintenant nu et vulnérable aux regrets éternels. Simone a disparu.

Le vêtement de cérémonie n'est plus qu'un chiffon sans vie. Léopold prend conscience que son habitante est partie pour un voyage dont elle ne reviendra pas.

— Je comprends qu'il lui faudra plus de temps pour revenir qu'il n'en faut pour créer une étoile.

Il regarde la flaque théâtrale puis récite Aragon :

Tu n'en reviendras pas toi qui courais les filles
Jeune homme dont j'ai vu battre le cœur à nu
Quand j'ai déchiré ta chemise et toi non plus
Tu n'en reviendras pas vieux joueur de manille

Qu'un obus a coupé par le travers en deux
Pour une fois qu'il avait un jeu du tonnerre
Et toi le tatoué l'ancien légionnaire
Tu survivras longtemps sans visage sans yeux

On part Dieu sait pour où. Ça tient du mauvais rêve...
Près de la falaise, Napoléon de bronze est antique sous son drap de neige.

Entre chien et loup, Denise et Louis Levillain dorment et se tiennent par la main. Leurs doigts se tressent comme les filaments de chanvre d'un cordage.
Ils se sont couchés tôt. Denise ne travaille pas le vendredi soir ni le week-end. Avant d'éteindre la lumière, Louis a chuchoté :
— Denise, il faut que je te dise !
— Ne me dis rien. J'ai la confiance d'un chien.
Et elle lui a pris la main.
Louis retourne sa gorge vers le papier peint. Bouche ouverte, ses dents — cristaux de neige — scintillent. L'air de sa bouche rebondit contre le mur puis voyage au-dessus du lit.
— Denise...
La femme démêle ses doigts, puis rattrape son mari par le bras. Elle le retient comme un câble retient un cargo à quai.
— Ne pense à rien. Tu feras comme le commissaire t'a dit.
— Mais je ne...
— Chut !
Louis ronfle. Lèvres palpitantes en avant, il a le profil attendrissant d'un loup timide qui mangerait des feuilles.
Au pied du lit, une latte de parquet craque. Une commode enfle comme une vague de bois ciré.

La vague a des tiroirs et des parfums de térébenthine.
Sur la crête de la commode, un napperon en dentelle est une écume. Posée sur l'écume, la maquette d'un voilier, la « Niña », gonfle ses voiles au rythme de la respiration de Louis. C'est une fine caravelle, plus rapide que la lourde nef de Galice de la salle à manger. Le ronflement de Louis est un vent régulier sud, sud-ouest. A cinq nœuds, il file dans la chambre.
Denise, chien de mer, s'endort dans des houles aux odeurs de repassage. Alors, elle relâche la pression de son étreinte. Et la main, cordage dénoué, laisse aller le mari-cargo.
— Denise, je dérive...

Nuit de lune noire à travers le soupirail du C.H.R. Amédée est assis sur un rocking-chair près du corps étalé de M. A. Lucy Channel. Il se balance, fume des sticks et lit un livre de botanique. Il veille aussi la dépouille.
— Je n'ai pas peur de cette femme. Je ne crains ni les mortes ni les absentes.
Le professeur de chant est recouverte d'un voile. Dans son drapé de statue grecque, elle a la pureté des races antiques.
Amédée aspire de longues bouffées de cannabis. Il fume un joint de la taille d'un poignet d'enfant qu'il a roulé dans une ordonnance.
— C'est bien la première fois que j'utilise une ordonnance !

Le chanvre indien, en quittant les poumons d'Amédée, tresse les volutes d'un cordage vertical. La bouche du médecin légiste est ferrée au cannabis comme la gueule d'un poisson à un fil de pêche. Sa raison s'égare dans les filaments du chanvre.

— Je dérive.

Et il a des visions d'asphyxiés. Il voit des feuillages s'échapper des carrelages, des troncs de palétuviers et de ravenalas (arbre du voyageur) ouvrir les sols et trancher l'air jusqu'au plafond. Un parfum d'orchidée se mêle au formol. Des oiseaux en forme de ciseaux traversent la morgue et fientent des sparadraps. Une lumière oblique pleut un large rayon de fils d'or. Une moiteur d'arnica suinte sur des feuilles de velours. Sous les feuilles, une petite abeille, clouée à un tronc, lisse ses ailes étalées en croix. Bzz !

D'un chariot de fer, s'élève alors le corps horizontal de M. A. Lucy Channel. Irréelle et drapée, elle tournoie avec lenteur comme les pales d'un ventilateur. Sous le drap, dans la clairière de cette obscure forêt, sa voix chante « La Flûte enchantée ».

> *Ich, ich, ich !*
> *Ich sollte fort !*
> *Ich sollte fort !*
> *Ich sollte fort !*
> *Ei, ei ! Ei, ei ! Ei, ei...*

(Moi, moi, moi !
Moi, m'en aller !
Moi, m'en aller !
Moi, m'en aller !
Pardi, pardi, pardi...)

Amédée voit et entend ça.

— Hou, dis donc, les cigarettes à Canna...

A Paris, au sous-sol de l'Hôtel-Dieu, des laborantins analysent ce qu'un médecin légiste a trouvé dans la blessure d'une vieille fille assassinée.

Ils ont reçu l'éprouvette par le T.G.V. Londres-Paris. Lundi, ils téléphoneront à Calais les résultats complets.

Un médecin entre dans le laboratoire et dit à ses collègues :

— Simpeul Vaïce (ça s'écrit : Simple Vice), l'ancien batteur de Duke Ellington, s'éteint trois étages au-dessus de nous. Dans quelques minutes, il va crever son tambour. Il faudrait prévenir l'A.F.P. Quel batteur il a été !

— Ah bon ? Regardez, nous, ce que nous analysons. Ç'a été trouvé dans une blessure à la tête.

Le médecin se penche sur la paillasse et dit :

— Quel venin ! Quelle haine splendide il a fallu !

Trois étages plus haut, Simple Vice, batteur louisianais, a des forêts obscures au fond des yeux. Et des clairières de morphine dans ses pupilles dilatées...

Né à Lafayette, il est noir, ridé et maigre. Sa peau de silex mâché a des reflets lilas.
Dernier solo de batterie dans la poitrine de ce musicien et quelques regrets aussi.
Sur une chaise, près du lit, un costume anthracite à rayures couleur fleur de genêt est suspendu au-dessus d'une chemise blanche et d'une cravate qui représente un alligator. L'ensemble ressemble à un terril. Au pied de la chaise, une paire de souliers bicolores comme ceux que portent les maquereaux de la rue Bourbon, au quartier français de La Nouvelle-Orléans.
Simple Vice fait encore un rêve. Il bâtit des châteaux. Mais les châteaux sont en os et les os sont les siens.
Venu noyer ses poumons vers les bayous d'Occident, il n'a pas supporté l'hiver parisien. Un matin glacé et déraisonnable, il a quitté en nage le « New-Morning ». Pneumonie foudroyante.
Depuis, des toucans et des aras Macao, griffes plantées dans ses bronches, pleins de folies et de plumes coloriées, crient dans l'écho de ses poumons malades :
— Tu vas crever ! Tu vas crever, mauvais père !
Simple Vice compare sa vie a un vieux 78 tours qui aurait trop longtemps grésillé sur le même sillon. Maintenant, il veut être moderne. Il désire écouter en compact laser : *When the Saints go marching in !* (Quand les saints débarquent !)
Il est sous perfusion et préfère arrêter lui-même le disque rayé et les clowneries des perroquets

perchés sur ses poumons. Il débranche l'aiguille plantée dans son bras comme un hameçon. Sous le flacon de la perfusion, un tuyau de plastique apprécie la prestation. Il applaudit sur le carrelage goutte à goutte.

— *I'm going adrift.* (Je dérive.)

Pour un public de draps et de traversins blancs, le musicien noir joue en rappel une dernière mesure. Sa langue fiévreuse claque contre des cymbales d'or — ses dents. Personne ne l'entend. Sa bouche largement ourlée est un cargo qui s'en va. La chambre est vide. Il sourit :

— C'est bien la peine d'avoir fait autant d'enfants. Des blancs, des noirs...

Un petit matin assassin vient miauler derrière des congères. Simple Vice s'en va. Chut !

Une élève infirmière arrive trop tard. Elle soulève une paupière du batteur et récite une leçon apprise récemment :

— « Mydriase finale » veut dire dilatation maximum de la pupille ne répondant plus aux sollicitations de la lumière.

Elle referme la paupière. Ses doigts ont la douceur de la neige.

Elle est belle, bien sûr. Bien sûr, elle est un ange. En sortant de la chambre, elle fredonne : « *Oh, when the Saints...* »

— Huit heures sur « Radio-Côte d'Opale ». Les informations du week-end ! Nous venons d'apprendre, par une dépêche de l'A.F.P., le décès de Simple Vice. L'ancien batteur de Duke Ellington est mort d'une pneumonie...

— Papa !

— Papa !

Pâques et Thomas se regardent. Pâques, de son œil gauche, voit nettement Thomas.

— C'était un musicien à la sonorité d'influence éthiopienne. De 1955 à 68, il a insufflé au big-band du Duke une nouvelle vie grâce à son swing. De 68 à ce matin, ce musicien a voyagé. Inde, Guyane et...

— Papa !

— Papa !

— Géniteur du jazz-rock, toutes les musiques l'amusaient et tous les publics aussi. Un premier de l'an, dans une clairière de la forêt amazonienne, à Pompidou Papa-Ichton, pour un public de Bonis en pagnes et de singes hurleurs, il aurait donné un concert mémorable en jouant sur des bidons d'orpailleurs, à la louche et cuillère de bois. Il était accompagné d'une chanteuse aujourd'hui oubliée. Ensemble, ils auraient offert « La flûte enchantée » ! C'était il y a 28 ans... « La flûte enchantée » sur des bidons et des boîtes de conserve vides par Simple Vice ! On aurait été curieux d'entendre ça. Malheureusement, pas de trace...

— Daddy, mother...

Pâques, de son œil rose, regarde par la fenêtre. Derrière les orchidées floues et les fleurs carnivores indistinctes, un cargo aux lèvres africaines s'égare déjà à l'horizon.

— En jouant, il riait. Fameux séducteur, il disait de lui-même : « Je suis un musicien inséminateur. » Simple Vice est mort ce matin, seul, à Paris.

Pâques et Thomas se regardent.

— Autre nouvelle : météo de la semaine. C'est la neige en attendant la grêle et les vents du désert...

Thomas ouvre la bouche.

Pâques place un index vertical sur les lèvres sensuelles de son ami.

— Il ne faut surtout rien dire, petit frère. Chut !

Dimanche 17 mars. 7e pilule contraceptive...

Calais, le 17 marse. 7 heure du matin.

Monsieur le juje Papageno,
J'ais 23 ans. Je m'appelles Pâques et c'est vers vous que je me tournes car vous avai été genti avec moi lorsque j'étai petite fille en Inde. Vous m'avais fait venir à la D.D.A.S.S. en France. Donc, cet à vous que je doi écrire çeçi. Monsieur le juje, j'ais...

Thomas se réveille. Il voit Pâques, de dos, assise à la table. Le corps simplement recouvert d'un sari, elle semble très appliquée. Une plaquette de pilules « Phaeva » est posée à côté d'elle.
Thomas se lève. Il est nu, noir et d'une beauté antique. Il s'approche avec sournoiserie de Pâques et lui plaque ses deux paumes sur les yeux. De face, le dessus des longues mains noires dessine sur les paupières de la jeune fille

un bandeau de condamnée à la chaise électrique.

— *Yes? Who is it?* demande Pâques.

— *But, that's me,* répond Thomas. Que fais-tu, petite sœur?

Il regarde par-dessus une épaule et voit les fautes d'orthographe.

— Quinze fautes! Tu ne sais pas écrire, Pâques?

— Je parle tamoul mais ne suis presque jamais allée à l'école. On ne m'a pas appris à compter, non plus.

— Tu ne connais pas ta table de multiplication?

— Je l'aurais récitée à qui? Je ne regarde que les livres de géographie, les atlas et les gravures des livres d'histoire. Mais je sais tous les noms des endroits sur la Terre où il y a eu des guerres. Pour m'endormir, parfois, je les récite. Iéna, Wagram, Stalingrad... Je me souviens des batailles et des massacres. Je sais ce qui s'est passé.

Thomas lit à voix haute une partie de la lettre :

— « C'est vers vous que je me tournes... » Tourne, c'est sans « s ». Il faut que tu apprennes la conjugaison des verbes.

— Quels verbes?

— Je t'apprendrai à en conjuguer de très beaux. Je t'apprendrai aussi que parfois 1 + 1 = 3.

— Tu dis ça.

— Viens.

Sur le lit, Thomas explique les verbes du premier groupe. Il parle du présent et du futur. Et cela prend un peu de temps. Pâques est attentive.
Lorsque Thomas a fini d'expliquer, il décide de vérifier si la leçon est retenue. Il défait le sari de la jeune fille. Les corps se mêlent. Les membres noirs et blancs dessinent au bord du lit le clavier harmonieux d'un clavecin.
Thomas dit :
— Je mange ?
— e.
— Tu manges.
— e-s.
Le nègre est ému de voir avec quelle application Pâques réfléchit avant de répondre.
— Je t'aime.
— e.
— Tu m'aimes.
— e-s.
— Nous nous aimons.
— o-n-s.
— Tu vois ? Ça vient. Nous nous aimerons !
— o-n-s ?
Les corps s'agitent vers des intimités.
— Mon amour, je te baise, je te lèche et te sodo...
— e, e., oh !
— Tu me branles, me suces et me fais jouir !
— e-s, e-s, i-r...e ?

— i-r, seulement. Mais c'est pas grave ! Deuxième groupe... Toujours, je t'aimerai. Un enfant, je te ferai et je t'épouserai !

— a-i-e !

— Non.

— Aïe !

— Quoi ?

Pâques s'attrape la figure à deux mains. Une douleur lui traverse le visage. Elle bascule sur le lit, tombe et gémit, nue, sur le tapis.

— Pâques ! Que se passe-t-il ?

— Mon œil !

— Fais voir !

Thomas plonge sur le corps de Pâques et lui arrache les mains du visage. Il est stupéfait.

— Pâques ! Ton œil s'est déchiré d'une pupille !

— Thomas ! Thomas ! Je te vois net des deux yeux !

Les deux enfants sont dans les bras l'un de l'autre et pleurent et pleurent ! E-n-t, e-n-t !

Il y a un tel bonheur dans leurs larmes que tous les jours, pleurer ainsi, nous aussi, on aimerait. A-i-t, a-i-t !

Lundi 18 mars.
8e pilule contraceptive...

Au nord-ouest de la France, le ciel renverse trois sacs de verroterie par-dessus les tapis de neige des champs et des prés. Les nuages renversés ont la taille d'une région, Sambre, Hainaut et Cambrésis. Calais est sous la grêle. Un milliard de billes de verre crèvent les parapluies en tombant sur les trottoirs ou brisent les tuiles des toits.

Rue Royale, les talons aiguilles des femmes pressées ont des bruits de chevaux lorsqu'elles se cachent sous les portes cochères. Les aiguilles qui prolongent leurs jambes dérapent et lynchent les grêlons jusqu'au martyr. Parfumées d'essences en flammes, leurs lèvres rouges hennissent et exhibent des dents de juments vers les nuages diamantaires.

Vus du ciel, les parapluies sont des iris multicolores qui s'affolent dans les rues louches. Les grêlons déchirent de pupilles extravagantes ces iris de nylon.

Les pare-brise volent en éclats. Puits de feu, ils

renvoient vers les cieux des jets de grêle « Securit ». Les tôles se percent.
C'est un vacarme scintillant. Les cloches de l'église St-Pierre sonnent à toute volée et les hommes courent. Ils se protègent le visage de leurs mains vêtues de gants liquides — gants de sang. Ils croisent les rires des femmes sous les portes cochères et ce sont, là, des cérémonies et des noces d'hémoglobine.
L'orage instantané et violent s'arrête.
Carrefour des Galaxies, sept silhouettes, sept pupilles dans les yeux jaunes du dôme ont assisté au bombardement de la ville.
Vu du trottoir, le dôme aux yeux jaunes a une curieuse allure. Les nombreuses pupilles disposées en étoile à chacune de ses fenêtres et les antennes de télévision perchées sur son toit ovale le font ressembler à une gigantesque tête de reine abeille.

— Bon. Eh bien maintenant que l'orage est passé, dit le juge, avant la reconstitution, relevons l'identité des participants.
Et chacun s'éloigne des fenêtres.
L'appartement de M.A. Lucy Channel a un papier peint au graphisme octogonal. Cet intérieur est une ruche et l'air qui y circule est doux et moite. Univers de cire.
Sept personnes bourdonnent dans le dôme. L'inspecteur Bondieu a accompagné Stainer. Il ne manque qu'Amédée. Pourtant il habite

de l'autre côté du carrefour mais il a dû être stoppé par la grêle.
Thomas compare sa peau noire à la peau des autres.
— C'est blanc de monde, ici.
Denise regarde l'œil de Pâques.
— Mais, ma belle, votre œil, ce petit parapluie synthétique et rose, s'est déchiré d'une pupille !
— C'est la grêle.
Pâques est vêtue d'un caleçon à rayures jaunes et noires. De très longs cheveux blonds ruissellent dans son dos comme une cape.
— Pâques, dit le juge, vous êtes donc la voisine de l'assassin mais quel est votre nom de famille ?
— Sans importance.
— Épelez.
— J'ai un nom que m'a donné la D.D.A.S.S. C'est d'ailleurs vous qui, il y a quinze ans, m'avez fait venir d'Inde. Monsieur le juge, j'ai commencé hier à vous écrire une...
— Inde ? Ah mais oui... Vous n'aviez pas une mère qui m'appelait « Frère » ?
— Sans importance. Appelez-moi comme Thomas.
— Je me souviens... Ma femme était allée vous chercher à Orly. Le nom de famille que la D.D.A.S.S. vous avait donné était...
— Sans importance ! Appelez-moi comme Thomas.
— Ah bon ? Je ne savais pas. Donc, Thomas Louverture, vous êtes le mari de Pâques ?
— Mh...

— Et Louverture est votre nom de famille.
— C'est plutôt le nom d'un gendarme, en Guyane, que tout le monde appelait Adou Moukoussou. Mon vrai père ne m'a pas reconnu. C'était un musi...
— Mais, sur vos papiers, il y a écrit quoi ?
— Sans importance.
— Comme Pâques ? Ah bon ? Brisons là. Réglons les affaires simples. Monsieur et madame Levillain... Levillain, c'est bien votre nom ?
— Oui, mais ce n'est pas moi, dit Louis.
— Ce n'est pas vous ?
— Ce n'est pas mon mari, monsieur le juge.
— Monsieur Levillain n'est pas votre mari ? dit le juge à Denise.
— Si, mais ce n'est pas l'assassin.
— Plus tard, madame, plus tard... Commissaire Stainer, prénom ?
— Je ne sais plus. Il s'est effacé de mes papiers d'identité. Car, figurez-vous que pendant des années je n'ai plus eu ni ami ni fami...
— Eh bien, dites-moi...
— Moi, je connais mon nom et mon prénom, fayote Bondieu.
Le juge ne prête pas attention à l'inspecteur. Il regarde vers le palier.
— Mais vous, qui êtes-vous qui venez en bas, sous un parapluie ?
— Je ne suis pas en bas. C'est vous qui êtes grand !
Amédée entre sous le dôme. Il a un parapluie en

lambeaux ouvert au-dessus de la tête. Des baleines dénudées filent vers le plafond comme des antennes d'insecte.

— C'est le médecin lé... dit Stainer au juge.

— Jusqu'à 31 ans, on m'a appelé « Saint-Amour » et je n'aime plus que les plantes à fumer ! Salut Canna, tu vas bien ? Moi, je suis raide. J'ai fumé ton bouquet !

— Quoi ? Sept barrettes en quatre jours !

— Il fume des bouquets, le médecin légiste ? demande le juge. Il est végétarien ? Votre prénom, c'est « Canna », commissaire ?

— Moi, mon prénom, c'est André, dit Bondieu. Amédée titube et s'assoit sur le clavier ouvert du clavecin. Ça fait : « Bili-Biling ! » Ses pupilles se dilatent.

— Je vais vous raconter comment on recueille la résine de cannabis. J'ai lu ça avant-hier, dans un livre de botanique, en veillant la dépouille de l'Anglaise... lance Amédée, bouche sèche et parapluie par-dessus la tête.

— Il se drogue, le médecin légiste ? demande le juge.

— Mh...

— ... Au printemps, les plantes mâles et femelles du chanvre indien fleurissent. A l'intérieur des fleurs mâles apparaît un pollen. A l'intérieur des femelles, une résine collante... Et le vent transporte le pollen des mâles vers la résine des femelles.

— Ces fleurs n'ont pas besoin d'insectes ? demande Pâques.

— Mes parents se sont rencontrés sans l'aide de personne... raconte Bondieu.
— Mais, à la floraison, les paysans décapitent les fleurs mâles. Et les femelles, en attente de pollen, sécrètent davantage de résine. Elles mouillent comme les filles qui désirent l'amour...
— Ma mère voulait un garçon... dit Bondieu.
— Plus elles attendent, plus elles mouillent ! Alors, régulièrement, les paysans raclent la résine entre les pétales et c'est ça, le cannabis : du besoin d'amour !
— Je suis né le...
— Commissaire, vous qui le connaissez, vous ne voulez pas essayer de le faire taire ? demande le juge.
— Qui ? L'inspecteur ?
— Non. Le médecin légiste.
— ... En lisant ça, avant-hier, je me disais que si c'était la même chose avec les femmes, continue Amédée, j'aurais vécu un amour platonique moins long. Séducteur, je les aurais allumées comme des folles et fait mouiller comme des salopes. Puis, j'aurais raclé et fumé leur œstrogène en pensant à mon amour d'enfant...
Stainer s'approche du médecin légiste et lui dit :
— Tu fumes trop, Amédée.
— Tu as peur que j'attrape le cancer du fumeur, Canna ?
— Ça, les poumons, c'est fragile, dit le juge. Moi, ma femme...

— Ça oui ! continuent en chœur Pâques et Thomas. Nous, « Simple Vice », notre père...
— Qui est Simple Vice ? demande le juge.
— Et puis lâche ce parapluie, Amédée, s'énerve Stainer. Il ne pleut pas dans les appartements.
— Il ne pleut pas chez toi, peut-être ?
— Il ne pleut plus. Louis a installé un faux plafond.
— Bon, on peut reprendre ? demande Léopold.
— Monsieur Papageno, vous n'avez toujours pas noté mon nom, s'étonne Bondieu.
— Plus tard, inspecteur. Plus tard... Louis Levillain, ça va mal pour vous. La victime vous a dénoncé deux fois avant de s'éteindre. Elle a dit deux fois : Levillain !
— Ma femme aussi s'appelle Levillain.
— Vous accusez votre femme ?
— C'était son infirmière. Mlle Channel avait mal. En délirant, elle a dû réclamer la personne des soins : Levillain !
— Bien dit ! s'exclame Stainer.
— Un peu de retenue, commissaire, dit le juge. Mais il est vrai que je n'avais pas pensé à ça.
— Si je puis me permettre, suggère Amédée, momentanément calmé sous son parapluie, mon père qui était médecin de campagne a connu un cas similaire. Une femme se mourait et ne mangeait plus depuis trois jours. Sa famille convoque mon père et il entend la mourante lui dire : « Faim ». On file à la cuisine préparer un plateau-repas et le lui apporte. Elle regarde le dîner puis dit : « Non, fin ! F-I-N. » Et elle est morte.

— Bien dit ! s'exclame Stainer.
— Un peu de retenue, commissaire, gronde le juge. Mais, je l'avoue, c'est troublant.
— Elle a peut-être voulu donner un avis sur l'assassin ? s'interroge Thomas. Levillain en deux mots : Le vilain ! Comme elle aurait dit : Le salaud.
— Bien dit !
— Un peu de retenue.
— Je ne suis pas un salaud, dit Louis.
— « Bondieu » s'écrit en un seul mot, affirme Bondieu. Il faudrait voir à ne pas prendre les divinités pour des inspecteurs de province !
— M.A. a dit : Le venin ! murmure Pâques.
— Comment vous savez ça, vous ? demande le juge.
— Elle a dit : Le venin !
— Il est vrai que moi, j'ai surtout entendu : « Le in-in », se souvient Amédée.

Il y a un silence dans l'appartement de la défunte. On entendrait voler une abeille. Dehors, quelques filandreuses mèches de nuages lilas passent dans le ciel. L'air est sec et à 6°. Un goéland au bec amer se cogne à une fenêtre du dôme.

— Et votre autopsie, médecin légiste ? Des indices ? demande le juge.
— J'ai découvert une petite neige brûlante au pôle nord du crâne. Une salive blanche.

— Salive ? Salive de qui ?
— Pas la mienne, dit Bondieu. Ma salive a la noirceur de la réglisse. Demandez au commissaire.
— Je l'ai fait analyser à Paris. Le nom de l'assassin est inscrit dans sa formule chimique. Il suffit de comparer avec celle du présumé coupable. J'ai apporté une éprouvette.
— Louis... invite Denise.
— Non, dit Pâques. Ce serait dégoûtant et humiliant d'avoir à cracher devant tout le monde. De plus, c'est inutile puisque c'est ma salive.
— Quoi ?
— Quoi ?
— Quoi ?
— Quoi ?
— Quoi ?
— Quoi ?
Tout le monde autour de Pâques a dit « Quoi ? ». Sauf Bondieu qui a déclaré : « Je reprends. Je suis né le... »
— Votre salive ? répète Stainer.
— J'ai craché mon venin dans sa plaie. Je suis l'assassin. Vous ne le saviez pas ?
— Ben, non. Je croyais que c'était Louis.
— Moi, j'ai toujours rappelé mon innocence, dit Louis.
— Moi, j'ai toujours su que je la tuerais, avoue Pâques.
— Mais pourquoi ?
— Mauvaise mère...

— Mère de qui ? C'était une vieille fille.
— C'était la mère de Thomas.
— Quoi ?
— Quoi ?
— Quoi ?
— Quoi ?
— Quoi ?
— Quoi ?
Tout le monde autour de Pâques a dit « Quoi ? ». Sauf Bondieu qui a déclamé : « Moi, ma mère s'appelle Christiane et je ne la tuerai jamais. Elle est née le... »
Thomas est éberlué.
— Mother ? C'était « Mother » ? Mais pourquoi tu as tué ma mère, petite sœur ? Et pourquoi as-tu craché dans sa plaie, en plus ? Et si je tuais la tienne, moi ?
— On se calme, dit Léopold.
— Trop tard, petit frère... siffle Pâques aux lèvres africaines de Thomas. Ma mère s'est désintégrée, mercredi dernier, en faisant exploser un bus de Tamouls à Pondichéry !
— Quoi ?
— Quoi ?
— Quoi ?
— Quoi ?
— Quoi ?
— Quoi ?
— Ah non, là c'est trop ! se lamente le juge. J'aurais dû écouter mon père et faire vigneron...
— Hou ! là, là. Ça grêle, rigole Amédée.
Et il se cache à nouveau sous son parapluie troué.

— Une poule ne donne pas un canard, ricane Bondieu. Mère criminelle, fille criminelle !

— Vous commencez à faire chier tout le monde, inspecteur, avec votre état civil et vos commentaires ! dit Stainer. Allez acheter de l'aspirine pour nous tous. Je suis votre supérieur, tout de même. Et puis, lâchez cette boîte de cachous. Je n'aime pas les barreaux entre vos dents.

Pâques, paupières rapides, dilate sa nouvelle pupille.

— Lorsque la vieille salope vous a bafouillé « Le venin », en fait, elle indiquait mon crachat dans sa plaie pour que vous découvriez l'assassin puisqu'elle ne m'a pas vue.

— Ne dis plus de « Mother » que c'est une vieille salope, petite sœur ! supplie Thomas.

— Comment l'avez-vous tuée ? demande le juge.

— Un jour que j'avais oublié la clé de mon studio, monsieur Levillain m'a montré comment ouvrir un verrou en y glissant une simple carte de crédit. C'est un truc de serrurier. Un soir, j'ai glissé ma carte bancaire le long des 27 verrous puis j'ai traversé le crâne de M.A. avec un pied du tabouret à clavecin comme avec un dard !... Je connaissais ses habitudes. Dès qu'elle avait le dos tourné, je butinais dans les tiroirs... C'est ainsi qu'un jour j'ai découvert la photo d'un enfant noir...

— C'est joli, les enfants noirs, pense Amédée.

— Surtout les petites filles affamées au ventre gonflé, pense Stainer.

— Un gendarme de Guyane avait adressé la photo à M. A. Au dos, il avait écrit : « Madame, voici la figure de votre fils. Je l'ai prénommé Thomas et lui ai donné mon nom : Louverture. Je suis très malade. Dois-je lui indiquer votre existence ? » M.A. avait écrit sous le texte : « NON ». Quelquefois, j'aiguillonnais M.A. Lucy et lui demandais si elle avait un enfant, elle disait non et semblait bien contente. Alors je l'ai haïe et suis venue souvent l'espionner sur son palier. Elle qui avait abandonné Thomas, tous les soirs, seule, elle riait. C'était assommant à la fin. Alors, je l'ai piquée ! Depuis l'enfance, je me sens devenir une abeille solitaire prête à tuer une mauvaise reine de ruche. Bzz ! L'indifférence de M.A. pour Thomas me rendait folle. Lui qui, en tags, écrivait « Mother ! » et cherchait sa mère partout sur les murs des boulevards.

— Ah, c'est vous les graffiti ? demande Bondieu à Thomas. Ça vous vaudra une amende, mon petit gars.

— C'est bien le moment de faire du zèle, inspecteur ! Ce que vous êtes con, soupire Stainer.

— J'ai voulu effacer de Thomas l'obsession de cette mère. Maintenant, lui et moi sommes totalement orphelins et c'est mieux. Le père, lui, est mort dans la nuit de vendredi à samedi.

— Vous l'avez tué aussi ?

— Non. Il s'est débranché tout seul.

Il y a un autre silence sous le dôme. Entre Sangatte et Wissant, vers l'entrée de l'Eurotunnel, des vaches d'une élégance fabuleuse circulent à nouveau dans les prés. Elles sont chaussées de bottines de neige à boutons de grêle. Leurs queues métronomes bousculent avec tendresse quelques insectes mélancoliques.
En bas de la falaise du cap Blanc-Nez, les vagues, nourries de crème, consolent le rivage. Et le ressac a un sourire d'éternité.

— Ce crime est surtout un geste d'amour, comprend Denise en robe rouge à pois noirs. Coccinelle, bête à bon Dieu !
— Madame, les crimes de femmes sont presque toujours des crimes d'amour, dit le juge, papillon aux omoplates qui palpitent.
— Tuer une mère est le crime suprême ! ricane Bondieu, affreux pou.
Puis, filaments noirs et bouche dans le visage de Pâques, il lâche :
— Serveuse, au Moyen Age, on vous aurait fait subir la roue et brûlée vive. Dans une ruche, abeille, vous auriez été dévorée par vos congénères.
— Lorsqu'une reine abeille abandonne ses enfants, les petites ouvrières la crèvent, bourdonne Pâques.
— Vous n'êtes pas encore parti, inspecteur ? dit Stainer, blatte luisante coiffée de terre. L'aspirine...

— Ce que tu as fait là est antique, petite sœur ! pardonne Thomas, scarabée écrasé du talon.
— Mais pourquoi, tous les deux, vous appelez-vous toujours « sœur », « frère » ? demande le juge.
— On a le même père : Simple Vice.
— Hou !...
— Bon. Eh bien, cette fois-ci, je vais chercher l'aspirine, dit Bondieu.
Et il sort.
— Mais, Thomas, vous êtes aussi noir que Pâques est blanche...
— C'est parce que nos gènes, à force de se tricoter dans tous les sens, ne savent plus où ils en sont. Elle est blanche, je suis noir. Voilà.
— Génétiquement, c'est possible, confirme Amédée. C'est rare mais possible. En Ethiopie, il existe un très ancien fleuve qui trimballe dans son ventre des silex et des craies.
— Mais le sac d'or, argent et vermeil qu'on a retrouvé chez Levillain ? insiste le juge.
— Louis voulait s'acheter un taxi. Alors, j'ai laissé la vaisselle de miel contre sa porte pour qu'il puisse se l'offrir.
Et ce sont sept vols d'insectes stoppés dans l'extase.
Amédée regarde Pâques.
— La tache fuyant vers le port, c'était votre chevelure blonde... Et les rayures, votre caleçon d'abeille, s'exclame Amédée. Trente kilos, ça a dû être lourd à porter.
— Le lendemain, j'avais des courbatures.

— Une enfant qui vole est une enfant qui a perdu psychiquement le contact avec sa mère, papillonne le juge.

— Ses nerfs sont fragiles, plaide Thomas. Lorsqu'on fait l'amour, elle suffoque et pleure. Elle récite aussi des noms de guerre.

— Vous n'allez pas noyer une enfant déjà mal baignée dans l'eau de mère, hein, monsieur le juge ? demande Denise.

— Même en tenant compte du gâchis de son enfance, il faut bien que je l'entraîne vers une sentence.

— Mais, monsieur l'apiculteur, cette enfant a la beauté d'Ophélie ! plaide Amédée. Et puis, entre nous, la mère de la mouche, hein !...

— C'est moi, la mouche ? demande Thomas.

— Excusez-le, dit Stainer à Thomas. Il est raide.

— Les mouches, ce sont les Tamouls ! dit Pâques. Ma mère en a tué cent d'un coup.

— Et puis une abeille n'a qu'un seul jet de venin à lancer, monsieur l'apiculteur. Alors, ouvrez la fenêtre à cette butineuse et je vous ferai fumer des fleurs amoureuses.

— Cessez de m'appeler : apiculteur, dit le juge. C'est ridicule à la fin.

— Stainer ! dit Louis. Faites quelque chose et je vous installe des doubles vitrages...

— Non mais, attendez ! se reprend le juge. Tout le monde défend tout le monde, ici. Vous avez décidé de me rendre fou ou quoi ? Il s'agit d'un crime. Pâques, je vous arrête !

— Léopold, dit Stainer. Puis-je vous parler seul à seul ?
— Vous m'avez appelé Léopold, monsieur le commissaire ?
Papageno et Stainer s'approchent du palier. La porte du dôme est entrebâillée. Les 27 verrous à pompe sont une plaie ouverte.
— Regardez cette photo.
— Simone enfant ! Où avez-vous eu ça ?
— N'arrêtez pas la jeune serveuse. J'aimerais des doubles vitrages...
— Qui vous a donné cette photo ?
— Le médecin légiste. Enfant, il était amoureux de votre femme. Il habitait St-Laurent-et-Benon et...
— Le médecin légiste ? Saint-Amour, venez ici !
— Monsieur le juge, je voudrais aller hiberner derrière des barreaux, dit Pâques.
— Je ne vous arrête plus, répond le juge. Qu'on ouvre une fenêtre !
— Ah, ben tant mieux, dit Louis. Je vais aller acheter des doubles vitrages chez Leroy-Merlin.
— Tant mieux.
— Tant mieux.
— Tant mieux.
Denise, Thomas et Stainer ont dit aussi : « Tant mieux ». Amédée a crié :
— Ça se fête ! Je roule un joint ? Il me reste une ordonnance.
— Vous, le drogué, ça suffit. Venez plutôt me raconter comment vous avez récupéré cette photo de petite fille.

Amédée, parapluie toujours crevé et ouvert au-dessus de la tête, est honteux.

— Je l'ai volée chez ses parents juste avant qu'elle ne parte pour Pauillac. Vous allez m'arrêter ?

— On dîne ensemble demain soir.

— C'est vous, l'ex-futur juge aux omoplates en ailes de papillon ? Je vous ai beaucoup envié. J'apporterai de la substance amoureuse à fumer.

— Nous fumerons chacun les souvenirs de l'autre, Amédée. Et ça suffira. Vous verrez.

— Vous m'avez appelé Amédée ?

Pâques s'approche de Léopold.

— Pourquoi je ne vais plus en prison, moi ?

— Parce que vous êtes un jour de fête, ma belle. Une petite divinité locale.

— J'ai seulement le sentiment de ricocher par bonds de millénaires...

— Chirurgienne, vous auriez sauvé ma femme... Certes, vous avez fait éclore sur la tête de cette pauvre Lucy une injuste et cruelle orchidée, ma belle. Mais nous serions bien ingrats de vous en vouloir puisque c'est au bord de cette plaie que nous butinons tous un peu du bonheur qui nous manquait... Moi, par exemple, je découvre ce dont j'ai toujours rêvé : le visage de Simone, enfant... Vous lui ressemblez un peu, d'ailleurs. Quelque chose d'Ophélie. Regardez, j'ai dans mon portefeuille sa photo en mariée.

— Oh ! Elle était belle. Et quelle jolie robe

brodée d'or. Si Thomas m'épouse, j'en aurai une aussi. Moins belle, bien sûr, mais...
— Cette robe vous plaît ?
— Oh oui !
— Je l'ai gardée. Je vous l'offre.
— Oh non !
Pâques s'abat en spirale sur le sol. Amédée se précipite et se penche en retenant son parapluie d'une main. Il renifle la blonde.
— Cette fille a un parfum de gelée royale. Je suis sûr qu'entre ses jambes elle est envahie de désir. Raclons-la et fumons-la, voulez-vous ?
— Calme-toi, Saint-Amour.
Thomas et Louis soulèvent Pâques par les aisselles.
— Installez-la sur la caillelle, ordonne Denise.
— Est-ce de bon goût ? demande le juge. C'est tout de même l'arme du crime...
— Rien à foutre, baby-foot ! dit Stainer.
— Bon, dit le juge.
Pâques est assise sur le tabouret comme sur une souche d'arbre et ils sont six, autour d'elle, à la retenir. Les sept personnages forment la fleur d'un iris éblouissant. Pâques en est le pistil. Les six autres, les pétales.
La jeune blonde revient à elle. Tête renversée, elle ouvre ses bras comme le Christ. Le cercle d'amis s'agrandit pour lui laisser un peu d'air. Denise, en professionnelle, s'approche.
— Myosis et mydriase ! La déchirure de son œil rose se rétracte et se dilate. La pupille réagit à la lumière. Pâques est en vie.

— Amédée, ferme ce parapluie, dit Stainer. Tu vois bien qu'il fait beau maintenant.

— Oui.

Le juge s'approche à son tour.

— Ça va mieux, mon enfant ?

— Votre enfant ? murmure Pâques.

— Mon enfant ! Même si c'est illégal, je vous adopte. Je me souviens que Simone voulait le faire, il y a quinze ans... Petite divinité, ma femme vous aurait adorée puisqu'elle était un ange. Au moment de mourir, encore, elle a fait allusion à vous. Et puis il est bien temps qu'un ersatz de père vous protège.

Pâques s'évanouit à nouveau.

Bondieu débarque dans l'appartement avec un plein sachet d'aspirine, de Doliprane et d'Aspégic mille.

— Alors, la criminelle ?

— Le juge l'adopte.

— Quoi ? Mais le crime...

— C'est un suicide ! répondent les six autres en chœur.

Vendredi 29 mars (vendredi saint). 19e pilule contraceptive

Chaque année, l'harmattan arrache 250 millions de tonnes de sable microscopique aux grands déserts d'Afrique.
Les particules de quartz se mêlent aux nuages. Ils émigrent par-dessus la Méditerranée puis pleuvent en Europe vers les banlieues des grandes villes et les foyers Sonacotra. Des Européens gris clair chassent le quartz des trottoirs en râlant.
Au-dessus de Calais, les stratus se teignent de brun. Ils s'enflent un peu plus comme des cloques d'espoir ou de rêves impossibles. Ils sont animistes, musulmans, bouddhistes ou coiffés de kippa...
Entre les stratus, un azur de pureté s'énerve contre les falaises de ces grands nuages.
Alors, chassés, les continents aériens se déplacent lentement vers d'autres houles : les introuvables fontanelles. C'est la dérive des nuages peints et le ciel, au-dessus de Calais, redevient intact, rose et cruel.

Vendredi saint et intégriste ! Canal de St-Omer. Chez le concessionnaire Mercedes, Stainer et Léopold entourent Louis et abusent de leur pouvoir.

— Vous êtes le concessionnaire ? Il paraît que vous ne voulez pas vendre cette voiture blanche, break et diesel ?

— C'est un exemplaire d'exposition. Il y a trois mois d'attente.

— Laissez monsieur Levillain partir aujourd'hui avec la voiture.

— Trois mois d'attente.

— On ne s'est pas présentés. Commissaire Stainer et Léopold Papageno, juge à Boulogne/s/Mer. Si on vous cherche des bêtes dans la chevelure, monsieur le concessionnaire, on en trouvera. Moi-même, j'ai eu des blattes dans mon appartement et je connais une abeille !

— Abus de pouvoir, monsieur le commissaire. Il y a des lois. Vous semblez quelquefois l'oublier.

— Comment vous prouverez ça ?

— Ce que vous dites est cynique et un peu nazi.

— C'est dans l'air du temps. Et ce n'est pas moi qui décide de la météo.

— Vous pouvez acheter la voiture et partir avec.

— On vous la paie avec ce sac.

— C'est quoi ?

— Presque 30 kilos d'or, argent et vermeil.

Presque, parce que j'ai fait faire des travaux chez moi.
Sur le trottoir, Stainer, Louis et Léopold ne sont pas très fiers. Mais bon ! C'est la seule ombre...
— Et puis il n'y a pas de conte sans ambiguïté, dit le commissaire.
— Le problème est que c'est toujours la même, répond le juge.
— Donc, Léopold et Louis, dit Stainer. Vous venez dimanche midi déjeuner chez moi. J'ai prévenu tout le monde.
— A dimanche !
— A dimanche !
— Dimanche de Pâques !

Sur la table de son studio, Pâques étend puis repasse, vague après vague, un océan de soie lilas. Une extrémité du voile est retenue aux épaules d'une robe de mariée assise sur une chaise près de la table.
Pâques a dans la bouche sa 19e pilule contraceptive. Elle déglutit et dit :
— Plus que deux. Thomas, enfant et mariage... Tu feras ça, dis ?
Le jeune nègre, près de la fenêtre, à califourchon sur un tabouret à clavecin, regarde une fleur particulière aux pétales recouverts de crocs de chien.
— C'est quoi, cette fleur ?
— C'est une fleur carnivore. Je la nourris de mouches mortes.
— Ça s'appelle comment ?

— Moi, je l'appelle : maman.
Thomas regarde aussi les orchidées.
— La Guyane est le paradis des orchidées. Surtout le long du Maroni, Maripasoula, Pompidou Papa-Ichton...
— Thomas ? Tu n'as pas répondu. Mariage et enfant ?
— Pour aller de Cayenne à Pompidou Papa-Ichton, il faut d'abord prendre un bimoteur jusqu'à Maripasoula. De là, on attend la pirogue de la gendarmerie. Après deux heures de navigation, on accoste contre le ponton en ciment de Papa-Ichton... Papa-Ichton, c'est deux regroupements de cases de chaque côté d'une clairière... Face aux deux essaims de huttes, lorsque le Maroni a ses eaux basses, un énorme rocher s'érige au milieu du fleuve. Il ressemble à une bite. A la saison sèche, vues de la rive du Surinam, les deux grappes d'habitations sont comme deux couilles situées de chaque côté du sexe de pierre. « Papa-Ichton », en boni, veut dire : « les couilles de papa » !
Pâques sourit.
— A Paris, vers 1970, au ministère de l'Intérieur, on a décidé d'installer une gendarmerie à Papa-Ichton puisque c'est la France. L'unique gendarme de ce village distribuerait le R.M.I., un improbable courrier et il relèverait aussi le niveau des pluies. Ça promettait d'être un boulot pas fatigant... Les habitants furent très contents de voir l'autorité de la métropole représentée dans ce coin de forêt amazonienne.

Et comme on leur avait dit que le président de la République de l'époque s'appelait Pompidou, en remerciement ils ont rebaptisé leur village : « Pompidou Papa-Ichton » ! Ce qui veut donc dire en boni, « Pompidou, les couilles de papa ».
Pâques, qui a repassé tout le voile, l'installe avec précaution par-dessus la robe de velours brodée d'or.
— Lorsque le président l'a su, il a fait la gueule. Il a suggéré qu'ils baptisent plutôt le village : Pompidou-ville ou village. Les Bonis ont refusé et furent même un peu vexés.
Pâques débranche le fer et regarde la robe.
— Je ne sais pas comment, Simple Vice, notre père, a appris l'anecdote en Louisiane. En tout cas, ça l'a fait rire et un jour, il a débarqué accompagné d'une chanteuse anglaise rencontrée à Lafayette... Un premier janvier, dans la clairière du village, ils ont offert un concert Mozart aux Bonis. Puis ils sont restés quelques mois. Notre père en a profité pour tirer ma mère et quand il a su qu'elle était enceinte, il l'a abandonnée. La chanteuse, sur les rives du Maroni, a accouché de moi, enfant aussi noir que Simple Vice. Elle m'a lâché dans les hautes herbes puis elle a fui à son tour.
Pâques s'assoit.
— Je suis né à « Couilles de papa ». Ça ne s'invente pas. Le gendarme de Pompidou Papa-Ichton m'a adopté. Métropolitain célibataire de Boulogne/s/Mer, muté ici par le hasard, il s'appelait Denis Louverture. Cinquante ans,

rond avec une grosse moustache, il était lent et bon. Il semblait si tranquille que les Bonis l'avaient rebaptisé « Adou Moukoussou ». Ce qui veut dire « L'homme jamais pressé ». Quand j'avais douze ans, Adou Moukoussou est mort du paludisme. Avant qu'il ne meure, je lui ai demandé qui étaient mes vrais parents. Il m'a appris que mon père était Simple Vice, le batteur ellingtonien et que ma mère, anglaise, vivait à Calais et ne désirait pas me connaître... Mais j'ai quand même voulu venir dans cette ville et y tagger les murs dans la langue de ma mère. Adou Moukoussou mort, les Bonis ont jeté son corps et des orchidées dans le fleuve comme on fait là-bas. Le colonel de gendarmerie de la Guyane m'a fait venir à Cayenne. J'y ai terminé mes études puis je suis parti, moi aussi, autour de la Terre comme notre père... J'essayais de le rattraper, de savoir par où il était passé. J'ai appris que dans les années soixante-dix, il avait traîné dans un ashram en Inde. En trace de son passage, il t'a pissée, toi, giclée de sœur sans doute aussi blanche que ta mère...

— Thomas, on n'aura pas d'enfant, nous, hein ? On ne se mariera jamais ?

— Faut-il prendre le risque de créer une autre étrangeté génétique, morceau de sœur ? Nous sommes, nous-mêmes, des assemblages tordus. Tu vois bien.

Pâques soulève de la chaise sa robe de mariée. Elle la place contre sa poitrine, tourne comme dans une salle de bal et pleure. Le voile en

tournant autour de la robe et de Pâques trace dans l'air du studio une boucle lilas lente.
Elle dit :
— Cette vie n'est pas la seule et je ricoche par bonds de millénaires. Je pars...
— Tu vas où ?
— Servir à boire au « Cyclope ».

Comme tous les soirs depuis dix jours, Amédée et Léopold dînent ensemble au restaurant « La duchesse », rue du Duc-de-Guise. Le restaurant est sur le même trottoir que l'hôtel du Pacifique où Thomas a vécu presque un an et demi.
Ils dînent dans un salon vieux rose. La moquette est épaisse. Il y a des tentures à fleurs aux murs et les chaises sont de bois blond.
Tous les soirs, Amédée et Léopold s'assoient à la même table ronde entourée de trois chaises. Les deux nouveaux amis sont face à face. Sur la troisième chaise, ils ont tous les deux posé leurs chapeaux melons. Les deux feutres couchés sont placés creux contre creux.
Les deux chapeaux — deux moitiés de coquille — reconstituent un œuf parfait.
Amédée et Léopold ont commandé des dos de saumons soufflés au crabe puis deux « symphonies de la mer » grillées aux trois sauces.
Ils mangent du poisson puisque c'est vendredi saint.
Et ils parlent de Simone. Ils discutent encore ce vieux sujet. Chacun raconte à l'autre l'enfance ou la maturité de l'aimée.

La discussion est un vertige qu'ils arrosent de pauillac (Château Pichon Longueville 85) pour Amédée et de bière « Courage » pour Léopold.

Mais c'est l'alcool « Simone » qui les grise.

Depuis dix jours, Amédée n'a plus touché une cigarette de cannabis.

— Parler de Simone remplace tout.

A côté de la table, derrière le dos de la troisième chaise, il y a un grand miroir.

Dans le miroir, on aperçoit les deux messieurs, de profil.

Mais quelquefois, en fin de repas, le tain de la psyché se déchire dans des clapotis d'eau et l'on voit alors, très nettement dans la glace, s'asseoir sur la troisième chaise le fantôme d'une femme.

Son corps diaphane ne pèse rien et ne déforme pas les chapeaux. Cul léger, elle est invisible pour ses deux amoureux. Elle reste là, un moment, à la table et goûte les sauces. Elle sourit puis replonge à nouveau dans la rivière du miroir. Ophélie ! Les fleurs des tentures se reflètent et ondulent dans la glace.

Quai du Paradis, le crépuscule enflamme le ciel.

Au-dessus du garage, assis sur le rebord de la fenêtre ouverte du studio de Pâques, Thomas, seul, chantonne et joue d'une guitare.

C'est une guitare de trente centimètres. Un jouet en fer aux couleurs vives qu'un soir Pâques a trouvé posé contre une poubelle.

La jeune fille avait rapporté l'instrument pour le cas où, un jour, elle aurait un enfant...
La guitare n'a plus que trois filins que Thomas essaie vaguement d'accorder.
Pendant que Pâques travaille et sert les consommations du « Cyclope », Thomas, assis parmi les orchidées et la fleur carnivore, regarde les cargos à quai et l'horizon.
L'animateur radio a entendu dire que lorsqu'on observe un coucher de soleil sur l'océan, au moment précis où l'astre disparaît entièrement dans l'eau, il y a en fait huit minutes et demie qu'il y est déjà.
Nous, on le voit encore rougeoyer car la lumière met longtemps à nous parvenir.
— Tout est si loin, le soleil, les gens... Il est 16 heures en Guyane et 14 heures en Louisiane.
Pleine lune, nuit de mars ! L'air est doux et salin.
Thomas gratte la guitare et fredonne une chanson cajun.
On ne sait pas si, en chantonnant, il pense surtout à Pâques, à sa mère, à son père ou à Adou Moukoussou. Peut-être à chacun.

> C'est-un-autre-soir-ennuy-ant !
> Car toi, t'es pas là-à-à-à.
> J'ai longtemps surmonté.
> Mais j'peux pas m'habituer.
> C'est un autre soir ennuyant...

Le soleil z'a peut s'couché-é-é-é
Toi, t'es pas là-à-à-à.
Le soleil z'a peut briller.
Toi, t'as p'tête brûlé.
C'est un autre soir ennu-yant...

Dimanche 31 mars (dimanche de Pâques). 21e et dernière pilule contraceptive

Grand soleil et ciel rose ! Ce matin, Pâques a revêtu la robe de Simone et le voile. A table, très appliquée, elle découpe aux ciseaux le carton d'emballage de son contraceptif oral. Sur une face interne du carton — une face vierge — elle écrit au feutre et s'applique.

12 heures. Thomas et Denise s'assoient à l'arrière d'une énorme Mercedes blanche, break et diesel et laissent une place pour la jeune blonde. Louis s'installe au volant. Pâques, elle, scotche sur le toit de la voiture, au-dessus du pare-brise, le carton de sa plaquette contraceptive. Sur la face vierge du carton, bien écrit au feutre, on lit : « TACSI ».

12 h 30. Stainer fait visiter son appartement. Tout, ici, est beau et sent le neuf. Les murs du salon sont recouverts de cloisons. Il y a aussi un faux plafond et des doubles vitrages aux fenêtres. Les murs gris clair de la cuisine ont retrouvé leur virginité. L'air est pur et sec.

Chacun des invités a apporté un cadeau pour

Stainer. Denise a confectionné un gâteau au miel. Pour le gâteau, elle a utilisé sept œufs frais que Louis, en Mercedes, est allé acheter dans une ferme.

Stainer avait aussi invité Köchel, son propriétaire, mais il n'est pas venu.

Après le déjeuner et les liqueurs, Louis offre à Léopold un cadeau emballé.

Léopold déchire le papier et découvre la maquette de la « Niña » que Louis et Denise avaient sur la commode de leur chambre.

Louis a effacé le mot « Niña » et rebaptisé la fine caravelle : « Simone ».

— Niña Simone ! plaisante Thomas puis il s'excuse.

— Ce présent est aussi pour Amédée, dit Léopold.

— Et si on lançait cette embarcation sur la mer ? demande le médecin légiste.

— Bonne idée ! répondent les six autres en chœur.

Ils descendent les quatre étages, grimpent dans le taxi. Thomas monte dans le coffre et dit :

— Venez avec moi, Amédée. Vous êtes petit.

— Je ne suis pas petit. Je passe une très bonne journée.

Denise, Stainer et Léopold s'assoient sur la banquette arrière. Louis, avant de s'installer au volant, regarde le carton que Pâques a scotché sur le toit de la Mercedes. Il lui dit :

— Lorsque je ferai mettre un vrai lumineux, je demanderai cette orthographe. Asseyez-vous à l'avant, près de moi, ma belle. Il ne faudrait pas froisser votre voile.

Entre Sangatte et Wissant, en bas d'une falaise, Léopold et Amédée, les pieds nus dans le sable, lâchent la « Simone » sur la mer.

Une petite brise hésite dans l'artimon de la caravelle puis finalement, la maquette file à cinq nœuds vers l'horizon.

— Adieu, Simone. On te retrouvera au ciel ! crient Amédée et Léopold.

Thomas regarde dans la craie de la falaise une forme incrustée. Il s'agit d'un ovale gris clair taché de brun, de la taille d'un crâne.

— C'est quoi ?

— Un œuf fossilisé de ptésaunorien, dit Louis.

— Pté-ro-sau-rien ! rectifie Léopold.

Puis, par un sentier, ils remontent tous les sept en haut de la falaise. Le ciel est une nappe de lumière liquéfiée, un unique continent de chocolat au lait rose sans fissure. Pâques ne dit rien.

— Qu'avez-vous, ma fille ? demande Léopold.

— Thomas et moi, on n'aura pas d'enfant... boude la jeune blonde. C'est la faute à...

— La faute à qui ? demande Stainer. Je vais l'arrêter.

— La faute à « consanguinité ».

— Ah ! Je n'ai pas de mandat d'arrêt.

— Cette nuit, j'ai fait un rêve... dit Pâques. Le bas de mon corps s'était métamorphosé en abdomen d'abeille. J'étais enceinte mais Thomas ne voulait pas que je ponde la fragile larve. Il me disait d'avorter à cause de la consangui-

nité. De cet enfant, il ne nous restait qu'une échographie... Thomas et moi, on continuait à vivre dans le studio de Denise et Louis. Mais on faisait lit à part. On dormait comme frère et sœur. Entre nos deux lits, au mur, on avait punaisé l'échographie. Sur l'écho, on voyait une petite étoile métisse. Elle avait la même forme que la déchirure de mon œil rose. C'était le bébé que nous n'aurions jamais. Un nouvel astre dans un ciel de nuit... Si ça se trouve, toutes les étoiles sont des enfants que les gens n'ont pas voulu garder... Entre nous, Thomas et moi, le corps céleste on l'appelait : Bébé. Et on pleurait souvent en regardant l'échographie. C'était beau et triste.
D'un doigt, Pâques suit le trajet d'un fil d'or sur sa robe puis continue :
— Thomas ne m'épousera pas. Je suis sa demi-sœur. « Demi », c'est pas tellement mais « Sœur » serait beaucoup trop. Il dit que ça ne se peut pas.
Denise, au bord du vide, se tourne vers l'ouest. Les yeux embués de larmes, elle regarde la mer.
— Vous aurez un mari, Pâques, dit Denise. Et il sera beau comme Thomas.
— Bricoleur comme Louis, dit Stainer.
— Solide comme Denise, dit Léopold.
— Fidèle comme Stainer, dit Amédée.
— Compréhensif comme Léopold, dit Thomas.
— Drôle comme Amédée, dit Louis.

— Il existe ce mari ? demande Pâques.
— On vous le jure ! répondent les six autres en chœur.
— Il faudra tout de même se renseigner, que ce ne soit pas un enfant abandonné... murmure l'incorrigible Amédée.
Et ils marchent, les uns derrière les autres, pour rejoindre, là bas, la Mercedes.
Le long de la falaise du cap Blanc-Nez, Pâques, en robe de mariée, avance la première. Les six autres, en file indienne, la suivent et surveillent ses nerfs fragiles. Le voile lilas retenu aux épaules de Pâques s'étire et claque dans le vent. Les six autres, derrière, semblent porter une traîne.
17 heures. Les cloches de Sangatte et Wissant sonnent les vêpres. A l'église St-Pierre de Calais, un prêtre trace un signe de croix dans l'air et l'encens, puis dit :
— Bzz ! Mes bien chères sœurs, mes bien chers frères, Dieu est une abeille ! Sa morsure fut vive mais demain, tout ira mieux. L'espoir luit !
Les fidèles se regardent. Le bois blond des prie-Dieu ploie sous la cire. Alors, les bourdons du clocher sonnent à toute volée. Ces cloches, perchées très haut dans le ciel, voient venir vers elles une criminelle mais crient :
— Vive la mariée !

Achevé d'imprimer en février 1992
sur presse CAMERON
dans les ateliers de la S.E.P.C.
à Saint-Amand-Montrond (Cher)
pour Julliard
éditeur à Paris

N° d'Édition : 5083. N° d'Impression : 3714-2959.
Dépôt légal : février 1992.

Imprimé en France